# WAKE

## 水之幻歌

# 苏醒

（美）阿曼达·霍金◎著
方碧霞　王寅珊　蒲瑶瑶◎译

長江出版傳媒
长江文艺出版社

图书在版编目（C I P）数据

水之幻歌：苏醒 / （美）阿曼达·霍金著；方碧霞，王寅珊，蒲瑶瑶译. -- 武汉 ：长江文艺出版社,2014.9
ISBN 978-7-5354-7454-4

Ⅰ. ①水… Ⅱ. ①阿…②方…③王…④蒲… Ⅲ. ①长篇小说－美国－现代 Ⅳ. ①I712.45

中国版本图书馆 CIP 数据核字(2014)第 161382 号



责任编辑：杨　岚　钱梦洁　何　海　　责任校对：陈　琪
封面设计：天行云翼　　责任印制：左　怡　邱　莉

出版：长江出版传媒　长江文艺出版社
地址：武汉市雄楚大街 268 号　　邮编：430070
发行：长江文艺出版社
电话：027—87679360
http://www.cjlap.com
印刷：枝江市新华印刷有限公司

开本：960 毫米×640 毫米　1/16　　印张：15.75
版次：2014 年 9 月第 1 版　　2014 年 9 月第 1 次印刷
字数：161 千字

定价：25.00 元

# CONTENTS
# 目　录

## 序幕

# 我们的人

即使站在海边，希雅还是能闻到身上的血腥味。她一呼吸到这股气味，噩梦中那驱散不去的熟悉的饥饿感便弥漫开来。血腥味在她嘴里留下了讨厌的余味，只有在这个时候她才觉得恶心，因为她知道这股味道来自哪里。

“好了吗?”希雅问道。她站在礁石嶙峋的海岸上，凝视着远处的海面，背对着她的姐姐。

“你知道我好了。”佩恩说，她有些生气，但嗓音依然不失娇媚，这是她与生俱来的一股挥之不去的妩媚气质，“你可什么忙也没帮。”

希雅回头看了一眼佩恩，即使是在昏暗的月光下，佩恩的黑发依然晶莹发亮，甚至连她棕褐色的皮肤都似乎在闪闪发光。她刚刚进食完，看上去比几小时前更美了。

希雅的衣服上溅了零星血点，而佩恩身上基本没弄脏，除了她那只一直到手肘都染成了深红色的右手。

希雅的胃开始翻滚，不仅因为饥饿，还因为恶心。她再次转过身去。

“希雅，”佩恩叹了口气，走向她说，“你知道我们没得选。”

有那么一会儿，希雅没说话。她聆听着大海的歌唱，那一首召唤她的水之谣。

“我知道，”希雅终于开口了，她希望自己的话不会暴露真实的心情，“但这时机选得太差了，我们应该再等等的。”

“我等不了了。”佩恩坚持着。希雅不知道她说的是不是真话。但是佩恩已经做了决定。她想要什么，就总是能得到。

“我们的时间不多了。”希雅指指月亮，几近满月了，她回头望着佩恩。

“我知道。但我告诉过你了，我已经盯上了一个人，”佩恩肆意地笑了，露出了她刀片般锋利的牙齿，“过不了多久，她就会成为我们的人。”

# 第一章
# 夜 泳

引擎发出了断断续续的奇怪声响，就像一只垂死挣扎的老机器骆驼。然后它闷闷地发出几下咔嚓声，接着就彻底没动静了。吉玛使劲转了一下车钥匙，希望能让这辆老雪佛兰起死回生，但它干脆连咔嚓声都没了。这老骆驼彻底死了。

“开什么玩笑！”吉玛低声咒骂了一句。

她可是没日没夜地打工才买了这部车。她要花很多时间在游泳训练和功课上，所以留给打工的时间少得可怜，自然找不到一份稳定的兼职。于是她不得不靠替田纳麦耶家照管小孩来赚钱。这家的男孩调皮得可怕：他们往她头发里塞口香糖，向她最心爱的毛衣泼漂白剂。

但是吉玛都熬过来了。她一心一意要在十六岁时买辆车，哪怕这意味着要应付田纳麦耶家的小孩。她爸爸把旧车传给了她的姐姐哈珀，哈珀倒是提出让吉玛开开，但是吉玛拒绝了。

吉玛想要拥有自己的车，主要是因为这样她就可以在深夜去花岛湾游泳。他们家离海湾并不是很远，家人也并不是因为这段路程才不赞成她去，而是因为吉玛总想在深夜去游泳，这才是她深切渴望的。

夜晚的海湾群星映照，水面一望无垠。海湾连着海水，海水接着夜空，海天连成一片，吉玛感觉自己仿佛在一个永无止境的环形天地中漂浮。她能感受到这里的夜晚有种魔

力，一种家人无法理解的东西。

吉玛又转动了一下车钥匙，车子依然发出空洞的咔嚓声。吉玛叹着气，靠在方向盘上，透过布满裂缝的挡风玻璃仰望月华满天的夜空。时间不早了，即使她现在立即步行出发去游泳，也几乎要到午夜才能折返。

她本人倒是无所谓迟一点，但家里的门禁是十一点，她可不想夏天刚一开始就开不了车，同时又被禁足。看来游泳只能改天了。

她爬出车子，沮丧地用力甩上车门。车门不争气地发出“吱嘎”一声，底部掉下了一大块铁锈。

“我从没花过这么冤枉的300美元！”吉玛咕哝道。

“车坏了？”亚历克斯站在身后问道，惊得吉玛几乎尖叫起来，“不好意思，我没想到会吓着你。”

“没事，”吉玛挥挥手，转过来面对他，“我没听到你出门。”

亚历克斯住在吉玛家隔壁，已经是十年的老邻居了，自然没什么好怕的。他渐渐长成个大小伙子，老想把自己不听话的黑发弄平顺，但前额总还是有一绺竖起来，怎么也弄不好。这让他看上去不到十八岁，而他微笑的时候就更显得年幼了。

他有一种纯真的气质，这可能就是为什么哈珀一直以来只把他当朋友的原因。就连吉玛也直到最近才把他从“仅仅是哥们儿”的名单中剔除。她发现了他细微的变化，他年少的青涩气息已经渐渐被宽阔的肩膀和强壮的手臂取代。

正是亚历克斯这种新的逐渐长成的男子气概让吉玛在看到他的微笑时心中犹如小鹿乱撞。她还不适应这种感觉，只好尽量平复心情，努力不去理会。

“这破东西发动不了，”吉玛指了指这辆布满铁锈的老爷车，走向草坪上亚历克斯站的地方，“我才买来三个月，它就玩儿完了。”

“真不走运，”亚历克斯说，“要我帮忙吗？”

“你会修车吗？”吉玛扬了扬眉毛。她只见过他整天埋头于电脑游戏或是书本，还从没看他修过车。

亚历克斯窘迫地笑了，眼神飘向了地面。他拥有健康的小麦色皮肤，所以要隐藏尴尬的神情并不难。不过吉玛太了解他了，知道他几乎碰到什么事都会脸红。

“是不会，”他淡淡一笑，朝自家门前的车道走去，那里停着一辆蓝色的美洲豹，“不过我自己倒是有辆车。”

他从衣袋里掏出车钥匙，在指尖转动着。有那么一刻，他的确看起来老练娴熟，但随后钥匙飞出了指尖，还打到了他的下巴。吉玛看着他慌张地弯腰去捡钥匙，努力憋住了笑。

“你没事吧？”

“没，没事。”他揉揉下巴，耸了耸肩，“要我开车送你么？”

“你当真？已经很晚了，我不想麻烦你。”

“一点也不麻烦。”他朝自己的车走去，等着吉玛跟上来，“你想去哪里？”

“就去海湾那儿。”

“我就知道，”他咧嘴笑了，“你去夜泳？”

“还没到‘夜’的程度。”吉玛争辩，但事实上的确离夜不远了。

“来吧，”亚历克斯走到美洲豹旁，打开车门，“上车。”

“好吧，既然你这么坚持。”

吉玛不喜欢麻烦别人，但她更不愿错过游泳的机会。就算和亚历克斯单独开车出去也没什么大不了的。平时只有当姐姐在的时候，两人才有机会接触。

“你为什么对晚上游泳那么着迷?”吉玛坐上车后，亚历克斯问道。

“我没说过这令人着迷。”她系上安全带，靠在椅背上，“我不知道到底该怎么形容，就是有……与众不同的感觉。”

“什么意思?”亚历克斯问。他已经发动了车，但依然停在车道上，看着吉玛，等她解释。

“白天海湾有太多人了，特别是在夏季，但到了晚上，就只剩下你、海水和星星。周围一片漆黑，所有东西都似乎融为一体，而你也成了其中的一部分。”她皱了皱眉头，但微笑中充满了向往。

“这样的确可以说是令人着迷。”她承认道，接着摇摇头，想把这种念头赶出脑海，“我不知道。也许我就是个喜欢晚上游泳的怪胎。”

此时吉玛意识到亚历克斯正盯着她，于是扫了他一眼。他脸上的表情有些古怪，似乎惊呆了。

“怎么了?”吉玛问道，开始对他看自己的眼神感到有些尴尬。她心不在焉地玩着头发，将发丝别到耳后，从一种坐姿换到另一种坐姿。

“没什么，不好意思。”亚历克斯摇摇头，开动了车，“你可能想出发去游泳了。”

“我不急。”吉玛说，但这不是实话。在门禁之前，她只想在水里多待一刻算一刻。

“你还在训练吗?”亚历克斯问，“还是暑假里暂停了?”

“没停，我还在练。”她摇下车窗，让咸咸的海风吹进来，“我每天都到游泳池和教练一起训练。他说我最近的成绩相当不错。”

“你整天在游泳池游泳，到了晚上还想溜出去游一整晚?”亚历克斯笑道，“这是怎么一回事?”

“不一样。”她把手臂伸出窗外，像飞机的机翼一般伸展开来，“在游泳池里我关注的只有距离和时间，这是工作。但在海湾里，我就可以尽情地漂流，四处玩水。”

“但你不厌倦浑身湿漉漉的感觉么?”亚历克斯问。

“没有啊，”她摇摇头，“这就好像问你：‘你从来没有厌倦呼吸空气吗?’”

“其实我厌倦过。有时候我想，要是不用呼吸岂不是太棒了?”

“为什么?”吉玛大笑，“这有什么棒的?”

“不知道，”那一刻他显得有点难为情，嘴角的微笑因为不自然而有些扭曲，“我想我大都是在体育课上跑步或干什么的时候才会这么想。我总是会跑得喘不过气来。”

亚历克斯看了吉玛一眼，似乎想看看坦白了这些后，她是否觉得自己很没用。但她只是微笑。

“你应该多跟我出来游游泳，”吉玛说，“这样你身体就不会那么弱。”

“我知道，但我太宅了。”他叹了口气，“反正现在我毕业了，终于可以彻底摆脱体育课了。”

“你马上就会在大学里忙得焦头烂额，甚至都记不起高中里不快的往事。”吉玛的语气意外地有些低落。

“嗯，我想也是。”亚历克斯皱了皱眉。

吉玛向车窗靠得更近了，手肘垂在车窗外，托着下巴，望着路旁疾驰而过的房屋和树木。他俩住的这一片街区的房子都造价不高且陈旧破败。但一经过卡普里街，所有一切都变得整洁而现代。

时下正值旅游旺季，所有的建筑物和树木上面都灯光闪烁。空气中飘荡着酒吧里的音乐声和人们的谈笑声。

“马上要摆脱这一切了，你兴奋吗?”吉玛指着大街上一对醉醺醺的、在争吵的情侣，嘲讽地一笑。

“我很高兴能摆脱有些东西。”他承认，但当他转头看吉玛时，他的表情变得温柔了，“但肯定也会想念某些东西。”

海滩已经几乎废弃了，只有几个年轻人在生篝火。吉玛引导着亚历克斯尽可能朝海岸边上开去。松软的沙滩渐渐变成参差的礁石，而原本铺着路的停车场上已经柏树丛生。亚历克斯把车停在了尽量靠近水边的泥泞道上。

这里远离旅游景点，既没有通向大海的小路，更没有游人。亚历克斯熄掉车灯后，他俩便被黑暗包围了。唯一的光亮来自头顶的月亮，以及镇里的光污染。

“这真是你游泳的地方?”亚历克斯问。

“是啊。这是最佳地点。”她耸耸肩，打开车门。

“但这里都是礁石，”亚历克斯下车仔细查看了长满青苔的路石，“看上去有点危险。”

“所以才选这儿呀，”吉玛咧嘴笑了，“其他人不会来这里游泳。”

她一出车门就刺溜一下把背心裙脱了，露出早就穿好的泳衣。她把本来束成马尾的黑色头发解开，摇摇头甩散长发。接着她踢掉了人字拖，和裙子一起丢进车里。

亚历克斯站在车旁，双手深深地插在裤兜里，努力不去看她。他知道她穿着泳衣，这件泳衣他以前已经看她穿过几百次了。吉玛就差吃饭睡觉都穿着泳衣了。但是第一次这样和她单独相处，他强烈地意识到她穿比基尼的样子有多迷人。

费舍尔家的这两姐妹中，吉玛毫无疑问更漂亮。她拥有游泳运动员柔软的身体，娇小修长，凹凸有致。她的肌肤被太阳晒成了古铜色，一头深色的秀发不论是在水中还是在阳光下都闪耀着金色的光泽。她有一对蜜色的眼眸，光线微弱时亚历克斯并不能看清她眼睛的颜色，但当她冲他微笑时，他能看到她眼睛里闪烁的光芒。

“你不游吗？”吉玛问。

“啊，还是算了。”他摇摇头，有意把视线从她身上移开，看向海湾，“没事的，我在车里待着，等你游完。”

“不行，你一路开车送我过来，不能就这么待着。你必须跟我一起去游。”

“不用了，我真的没事，”他挠挠胳膊朝地上看，“你游得开心点。”

“亚历克斯，一起来吧，”吉玛假装噘起了嘴，“我打赌你肯定从没在月光下游过泳，暑假结束你就要去上大学了，至少应该尝试一次，否则你就白活了。”

“我没带泳裤。”亚历克斯说，但他已经开始动摇了。

“就穿你的拳击短裤好了。”

他还想再挣扎一下，但吉玛的确说得有理。她总是爱这样冒险，而他的高中生活却大部分宅在家里。

再说，游泳总比等在车里强。他又想到，如果不和她一起去游，一个人光是在岸边看着她游也怪吓人的。

“好吧，只要我别被岩石割伤脚。”亚历克斯边说边脱掉了鞋。

“我一定会保证你平安无事。”她手抚胸口向他承诺。

“说话算话。”

他一把脱掉了衬衫，和吉玛想象的一样，他有一副瘦削修长的骨架，但外面却包覆着结实强健的肌肉。吉玛有点想不通，像他这样号称自己是“宅男”的人，怎么会有这样的身材。

他开始脱裤子时，吉玛别过头去以示礼貌。虽然等下她就能看到他穿短裤的样子，但盯着他脱掉牛仔裤还是有点怪。

“那我们怎么下到水里？”亚历克斯问。

“要非常小心。”

她在前面带路，只见她灵巧地踩在一块块礁石上，亚历克斯知道自己根本不可能像她这么动作优雅。她就如同一位芭蕾舞演员，踮着脚尖从一块光滑的礁石移动到另一块，一直舞动到了海边。

“踩到水里以后会有几块锋利的石头。”吉玛发出警告。

“谢谢提醒。”他低声咕哝，小心翼翼地行进。他沿着吉玛踩出的路前行，虽然她似乎走得很轻巧，但对他来说却危机四伏，一连绊了好几次。

“别急！慢慢来就没事了。”

“我正在努力。”

让他惊讶的是，他竟然成功到达了海边并且没有划伤脚。他踏进海水，吉玛朝他露出自信的笑容，朝海洋深处游去。

“你不害怕吗？”亚历克斯问。

“怕什么？”她已经来到了水足够深的地方，于是向后一仰游动起来，她的两条腿在身前打起了水花。

“我也不知道。海怪或其他什么东西。海水好暗啊，你什么也看不见。”水面已略微高出亚历克斯的腰一些，说实话，他再也不想往前走了。

“哪有什么海怪。”吉玛边笑边朝他拍打水花。为了鼓励他好好享受夜泳的乐趣，她决定使用激将法，“我跟你比赛吧，看谁先游到那块礁石。”

“哪块？”

“那块。”她指了指几米远处一大块露出水面的尖尖的灰色石头。

“肯定是你赢。”他说。

“我让你先游。”吉玛提议。

“先游多少？”

“额……先游五秒。”

“五秒？”亚历克斯似乎在盘算什么，“这倒是差不多……”他还没说完，就已经一头扎进水中，飞速地游起来。

“我已经让你了！”吉玛在后面边叫边笑，“没必要还作弊吧！”

亚历克斯使出了吃奶的力气奋力游着，但没多久吉玛就飞一般地超越了他。她在水中所向披靡，毫不夸张地说，亚历克斯从未看到还有什么生物能游得比她更快了。以前他和哈珀一起去看学校的游泳比赛时，吉玛从未让任何奖项旁落过。

“我赢啦！”吉玛到达岩石，大声宣布。

“这本来就没什么悬念。”亚历克斯随后到达，靠到礁石上休息，他的气息还有些急促。他擦掉眼睛里咸咸的海水，“这种比赛一点都不公平。”

“对不住啦。”她微笑着，丝毫没有气喘，但她也来到亚历克斯身边，靠在礁石上。

“为什么我觉得你的道歉一点诚意也没有。”亚历克斯假装恼怒。

他的一只手滑下了礁石，当他想收回去维持身体平衡的时候，不小心抓到了吉玛的手。他的第一反应是觉得尴尬，得赶紧把手缩回来，但抽回手的前一刻，他改变了主意。

亚历克斯把手覆在了她的手上，两只手都又凉又湿。她的微笑有所变化，变得柔情似水，在那一刻，两个人寂静无声。他们就这样靠在礁石上，靠了一会儿，周围只有海浪拍打的声音。

本来要是一直这样下去，吉玛也会心满意足，但是亚历克斯后方的小湾里突然亮起了灯，吸引了她的注意力。小湾处在海湾入口，前面就是海湾和大海的交接，离吉玛和亚历克斯有四分之一英里。

亚历克斯顺着她的目光望去。不一会儿，水面上传来了笑声。亚历克斯收回了握着吉玛的手。

小湾里升起了火，火光闪烁摇曳，和三个舞动的身影交错重叠。离那么远，很难看清她们在干什么，但凭移动的姿态就可以清楚地知道是谁。她们在镇上家喻户晓，但却似乎没有一个人跟她们真正有私交。

“是那些女孩。”亚历克斯轻声说，仿佛怕她们远在小湾也能听到。

这三个女孩像是在跳舞，每个人的舞姿都是那么优雅。即使映在岩石上的只是她们模糊的影子，看起来也十分撩人。

“她们在那儿做什么？”亚历克斯问。

“不知道。”她耸耸肩，无所顾忌地继续盯着她们看，“最近越来越常看到她们来这里。她们好像挺喜欢去小湾那里玩。”

“噢。”亚历克斯说。吉玛回头看看他，发现他正皱着眉思考。

“我甚至都不知道她们来镇上干什么。”

“我也不知道，”他转过头去继续望着她们，“有人说她们是加拿大电影明星。”

“也许吧。但她们没有加拿大口音。”

“你听过她们说话？”亚历克斯问道，有些意外。

“嗯，我在图书馆时见过她们出现在对面的贝尔餐厅，她们总是点几杯奶昔。”

“她们原来是不是有四个人?”

“我也觉得是，”吉玛眯起眼睛，回忆自己有没有数对，“上一次我看到她们在这里的时候，还有四个人。但现在只有三个了。”

“我有些好奇另一个去了哪里。”

吉玛和亚历克斯离得太远，没办法弄懂她们在做什么，但他俩能听到谈话声和欢笑声，她们的声音在海湾上空回荡。其中一个女孩开始歌唱，她的嗓音如水晶般清澈，甜美得让人心醉，旋律深深地拨动了吉玛的心弦。

亚历克斯惊讶得张开了嘴，呆呆地凝视着她们。他离开礁石，慢慢向她们游过去，但吉玛根本没注意到，她的关注点完全放在了小湾里的女孩身上。或者更确切地说，在那个没有唱歌的女孩身上。

佩恩。吉玛确定是她，光凭她从另外两个人身边走开的姿态就可以确定。她长长的黑发垂在身后，风又将其吹到脸旁。她走路时异常优雅和坚定，目不斜视。

离得这么远，又是在夜里，佩恩不可能注意得到她，但吉玛却能感受到她的眼睛直直地盯着自己看，让她毛骨悚然。

“亚历克斯，”吉玛发出的声音几乎都不像自己的了，“我们该走了。”

“什么?”亚历克斯迷迷糊糊地回答，这时候吉玛才意识到他已经游出好远了。

“亚历克斯，快回来。我觉得我们打扰到她们了。我们该走了。”

“走?”他转过身面向她，似乎被这想法弄得很茫然。

“亚历克斯!”吉玛提高了音量，这一次几乎是在朝他吼了，这下他似乎听见了。“我们得回去了。时间不早了。”

“啊，你说得对。”他甩甩头，清醒了一下，朝海岸这边游回来。

吉玛确认他恢复正常后，才跟着往回游。

# 第二章

# 卡普里镇

“砰!”关车门的声音惊到了哈珀，她坐起身来，把电子书放在一边。她跳下床，拉开窗帘，刚好看到吉玛与亚历克斯互道晚安。

床头的时钟显示，现在还只是10:30。哈珀没有什么合适的理由教训吉玛，但她依然不太高兴。

哈珀坐回床上，等吉玛上楼来。她可能会耽误几分钟，因为她们的父亲布莱恩正在楼下看电视。他常常不睡觉等她回来，但吉玛似乎并不在意。她晚上依然出去，尽管布莱恩有时要凌晨5点起床工作。

这让哈珀很不爽，但她很久以前就已经放弃了劝服妹妹的念头。父亲已经给吉玛定了门禁，如果他真的讨厌等她回家，完全可以把门禁时间定得早些——至少他是这么跟哈珀解释的。

布莱恩和吉玛说了一会儿话，哈珀在楼上听着他们有些模糊的声音。接着她听到上楼的脚步声，在吉玛到达自己房间前，哈珀打开门截住了她。

“吉玛。”哈珀轻声叫道。

吉玛站在走廊另一头，背朝着哈珀，手已经搭在门把手上。她的背心裙紧紧贴着湿漉漉的皮肤，哈珀可以透过裙子看到里面比基尼的轮廓。

吉玛极其不情愿地转过身面对姐姐说：“你没必要不睡

觉等着我。爸爸才这么做。”

“我没在等你，”哈珀撒谎，“我刚好在读书。”

“哦，好吧。”吉玛转转眼珠，双臂交叉在胸前，“那你说吧，我哪里做错了。”

“你没做错什么。”哈珀的语气变和缓了。

她并不喜欢总向吉玛嚷嚷，她真的不喜欢这么做。但吉玛就是有个恼人的坏习惯：做傻事。

“我知道。”吉玛回答。

“我只是……”哈珀的手指抚摸着房门边框，她移开视线不去看吉玛，唯恐自己眼神中流露出批判的神情，“你怎么和亚历克斯在一起？”

“我的车发动不了，所以他开车送我去海湾游泳。”

“他为什么送你？”

“不知道。他人好呗。”吉玛耸耸肩。

“吉玛。”哈珀埋怨。

“怎么了？”吉玛问，“我什么也没干啊。”

“他太大了，不适合你。”哈珀叹了口气，“我知道……”

“哈珀！无聊！”吉玛脸红了，垂下了眼帘，“亚历克斯就像……哥哥或什么的。别恶心了。他可是你最好的朋友。”

“别否认了，”哈珀摇摇头，“我知道你俩这几个月来的暧昧，本来我也不会干涉，但他马上要去上大学了。我不想你受到伤害。”

“我不会受到伤害。我跟他根本没什么。”吉玛坚持，“我还以为你会高兴呢，你总是让我晚上别一个人去游泳，所以我找了个人陪我。”

“找亚历克斯？”哈珀扬了扬眉，这时连吉玛也不得不承认亚历克斯做保镖不太称职。“话说回来，晚上游泳本身就不安全，你根本就不该去。”

“我好得很！什么事都没有！”

“有事的话就来不及了，”哈珀反驳道，“这两个月来已经有三个人失踪了，吉玛，你不得不小心点。”

“我很小心！”吉玛垂在身旁的两只手捏成了拳头，“反正你说什么都没用，爸爸说我只要十一点前回家就没问题，我都照做了。”

“爸爸就不应该让你去。”

“怎么了，孩子们?”布莱恩站在楼下的楼梯口仰头问。

“没事。”哈珀嘟哝。

“我想冲个澡就睡了，如果哈珀同意的话。”吉玛说。

“我才不管你干吗呢。”哈珀摊开双手，耸了耸肩。

“谢谢。”吉玛转身将身后的房门“砰”地关上。

哈珀靠在自己卧室的门框上，看着父亲上楼来。他身材高大，有力的双手因为常年在码头工作磨得十分粗糙。虽然他已经四十多了，但身材还维持得相当不错，除了几绺灰白的头发外，看起来比实际岁数年轻。

布莱恩来到哈珀的房门前，抱着双臂低头看她：“刚才怎么回事?”

“我也不知道。”她耸耸肩，低头盯着自己的脚趾，才发现天蓝色的指甲油已经开始剥落了。

“你别再教训她了。”布莱恩悄悄地说。

“我没有!”

“她会犯错误，跟你以前一样；但她不会有事的，因为你也没事。”

“为什么我总是吃力不讨好?”哈珀终于抬头看着父亲，“对她来说亚历克斯太大了，而且外面很危险，我并没有蛮不讲理。”

“但你不是她爸妈，”布莱恩说，“我才是。你有自己的生活，下半年你应该操心大学的事。让我来操心吉玛，好吗？我会管好她的。”

“我明白。”她叹了口气。

“你真的明白吗？”布莱恩盯着女儿的眼睛，坦诚地问道，“我知道我让你承担太多了，自从你妈……”他的声音变轻了，后半句话悬在了空中，“但并不是没有你，我们就一切都乱套了。”

“我知道，对不起，爸爸。”她挤出一个笑容，“我只是担心她。”

“那就试试别担心，晚上睡个好觉，好吗？”

“好的。”她点点头。

他俯下身亲亲她的额头：“晚安，宝贝。”

“晚安，爸爸。”

哈珀回到房间，关上门。爸爸是对的，她也知道，但这却改变不了她的想法。不论是好是坏，过去九年来，照顾吉玛成了哈珀的责任，或者至少哈珀自己是这么想的。

她一屁股坐到床上，深深地叹了口气。要离开他们简直无法想象。

她终于可以一个人出去生活了，按理说她应该感到兴奋，尤其是她为此付出了辛勤的努力。尽管平时要在图书馆打工，还要在动物收养所做义工，哈珀高中三年的成绩还是拿到了全优。

她获得的奖学金为她打开了原本父亲无法负担的高校大门。她申请的每一所大学都渴望得到她，她本可以随心所欲地选择，但最终却选了一所离卡普里镇只有四十分钟车程的公立大学。

哈珀从窗帘的缝隙向外看，能够望见亚历克斯卧室透出的灯光。她抓起床头柜上的手机，想给他发条短信，但转念一想又放下了。他俩的友情已经好多年了，尽管她从未对他有过意思，但近来他对吉玛越来越暧昧，这让哈珀对他有些疏远。

走廊另一头的浴室里响起了水管的呻吟声，那是吉玛打开了热水龙头。哈珀拿来蓝色指甲油，一边给脚指甲补色，一边听吉玛边洗边哼着歌，她的嗓音轻柔得如催眠曲。

哈珀才涂完一只脚就累了，她缩到被窝里，头一碰到枕头就睡过去了。

等早上哈珀醒来，爸爸已经去上班了，吉玛正在厨房里忙东忙西。关于这点哈珀总是想不通，吉玛是家里睡得最迟的，但她总是早上七点就起床。

“我烧了几个水煮蛋。”吉玛嘴里塞满着东西嘟囔。她的嘴角有几点黄色的碎屑，看来刚吃完一个水煮蛋。“我把一整打都煮了，你也可以吃点。”

“谢谢。”哈珀边打哈欠边在厨房的餐桌旁坐下来。

吉玛站在打开着的洗碗机旁，飞速灌下一杯橙汁。然后她把空杯子放进洗碗机，旁边是她用过的盘子。她已经穿好衣服——T 恤加旧牛仔裤，头发已经扎成马尾。

“我得去练游泳了。”吉玛疾步经过哈珀。

“怎么那么早？”哈珀坐在椅子里向后倾斜，这样刚好能看到玄关，吉玛正快速穿上鞋子。“我以为训练要八点才开始。”

“是要八点。但我的车发动不了，我要骑车去。”

“我可以送你一程。”哈珀提议。

“不用了，我没事。”吉玛抓起训练包，查看了一遍物品，确认没落下什么，然后扯出 iPod，塞进裤袋里。

“骑车时别听音乐，”哈珀提醒她，“这样你听不到汽车声。”

“没事的。”吉玛没理她，把耳线缠到了脖子上。

“据说今天要下雨。”哈珀说。

吉玛从衣帽架上取下一件灰色运动衫，举起来给哈珀看，“我有帽子哟。”没等哈珀说下一句，吉玛转身开门出去了，“晚上见！”

“过得开心！”哈珀在她身后叫道，但门已经被甩上了。

哈珀在厨房里呆坐了几分钟，想先清醒一下，可四周的寂静让她坐不住，只好起来做事。她打开音响好让房间显得不那么空荡荡。她们的父亲总是把收音机调到经典摇滚的电台，她有很多个早晨都是在摇滚明星布鲁斯·斯普林斯汀的歌声中度过的。

她打开冰箱想做早饭，看到了皱巴巴的牛皮纸袋，里面装着父亲的午饭。他又忘记带了。每次他忘了带午饭，她中午就得提早下班，利用午休时间给他送到码头上。

哈珀吃完早饭，忙着完成每早例行的家务事。她清理了冰箱，把所有的剩菜剩饭丢掉，开动洗碗机，又把垃圾倒掉。今天是周四，在她亲手制作的彩色的家务日程表上，今天这一栏用粗体字标着醒目的“洗衣服和打扫浴室”字样。

洗衣服更费时，所以哈珀从这一项开始。洗的时候她发现，吉玛一定是借穿了她的上衣，衣服上还沾上了辣热狗的酱汁。晚些时候记得跟她说说。

打扫浴室总是件苦差事。淋浴房下水道总是塞满了吉玛金棕色的头发。哈珀的头发颜色更深，也更粗更长，本应更明显，但和她掉的头发相比，吉玛的头发总是格外的多，每次都塞住下水管。

哈珀做完家务，把自己收拾干净，准备去上班。她之前预测的雨现在终于下下来了，瓢泼大雨，出门经过花园的这一段路，她不得不跑到车里才避免淋成落汤鸡。

由于下雨，哈珀打工的图书馆比平常要忙碌一些。她的同事玛莎已经抢占了放书和整理书架的工作，哈珀只能负责帮顾客借书还书。

他们有一套自动还书系统，所以顾客可以不需要工作人员的帮助就能借书还书。但有些人永远学不会怎么用。还有些人要咨询有关滞纳金和预留图书事宜，另外还有个和善的老太太想寻求帮助，她想找一本“里面有一条鱼——也有可能是条鲸鱼——还有一个女孩的爱情故事”的书。

到了午饭时间，雨小了些，图书馆的人也少了。玛莎之前一直故意待在后排过道整理书本，现在终于不再躲着，她走了出来，来到前台的哈珀身旁坐下。

尽管玛莎比哈珀大七岁，而且还算是她的上司，哈珀却比她更尽责。玛莎喜欢书，所以她才来这儿，她盼望后半辈子都可以不用跟别人说话。她的牛仔裤膝盖上破了个洞，T恤上则写着“我喜欢的乐队还没出现”。

“真好，总算没什么人了。”玛莎说，一边咬着橡皮筋球。

“如果没人来，你就失业了。”哈珀指出。

“我知道。”玛莎耸耸肩，“有时候我觉得我就像《阴阳魔界》里的那个男孩一样。”

“哪个人？”哈珀问。

“就那个人。好像叫伯吉斯·梅雷迪斯。”玛莎向后靠在椅背上，把橡皮筋球在两手之间抛来抛去，“他只想看书，最后他终于明白自己想要什么，他想要所有人都被原子弹炸死。”

“他想要所有人都被炸死？”哈珀认真地看着自己的朋友问，“你也想所有人都被炸死？”

“不，他不想，我也不想。”玛莎摇摇头，“他只是不想

受打扰，一个人静静地读书，原子弹爆炸他就能实现愿望了。讽刺的是，他把眼镜摔坏了，看不了书，他非常伤心。所以我开始猛吃胡萝卜。”

“什么?”哈珀问。

“这样我就会有好的视力。”玛莎说，就好像这是明摆着的事，“一旦炸弹爆炸，我不仅不用担心眼镜，还能在原子尘或僵尸动乱或任何灾难中幸存下来。”

“哇，你好像真的已经好好考虑过了。”

“没错，”玛莎承认，“每个人都应该好好想想，这很重要。”

“的确。”哈珀把椅子推离桌子，“你看，人已经不多了，我可不可以早点下班？我还得去给爸爸送饭。”

“没问题，”玛莎耸耸肩，“但他应该尽快记住每次自己带饭。”

“我也这么想，”哈珀叹了口气，“多谢。”

她起身走到前台后面的小办公室里，拿起放在迷你冰箱里的午餐袋。这间办公室是图书管理员的，管理员接下来一整个月都要去环游世界度蜜月，这样玛莎就成了主管，但事实上管事的都是哈珀。

“又是那帮人。”玛莎说。

“哪帮人?”哈珀从办公室里出来，看见玛莎正朝图书馆的落地窗外盯着看。

“她们。”玛莎朝窗子点点头。

雨已经停了，街上又开始游人如织，哈珀立刻明白了玛莎在说谁。

佩恩、希雅和莱西正在人行道上踱步。佩恩在前面带路，她穿着短裙，古铜色的美腿修长得似乎没有终点，黑发如绸缎般垂在身后。莱西和希雅跟在后面，但哈珀从未分清过她俩谁是谁，一个金发碧眼，纯粹的金灿灿的发色，另一个则是一头火红的卷发。

哈珀一直认为妹妹吉玛是卡普里镇最漂亮的姑娘，但自从佩恩她们来到镇上，这种想法就显得可笑了。

佩恩经过伯尼·麦阿利特时朝他眨了眨眼，电得他不得不抓住路旁的长椅才不至于晕倒。伯尼是个上了年纪的男人，一辈子都住在花岛湾旁的一座小岛上，几乎从未离开过。哈珀认识他是因为他退休前和父亲在码头共事过，伯尼一直很喜欢哈珀和吉玛，每次她们去码头他都会给她们糖吃。他甚至习惯了在哈珀和吉玛的爸爸忙碌的时候照看这年幼的姐妹俩。

“哎，太过分了，”玛莎看着伯尼抓住长椅，皱了皱眉，“她们差点让他心脏病发作。”

要不是伯尼最终似乎镇定下来了，哈珀都要跑过街去帮忙了。随后伯尼直起身子，走远了，很有可能是去街尾的钓鱼用品店。

“她们原来不是有四个人吗？”玛莎问，她的注意力重新回到那三个女孩身上。

“我也记得是。”

少了一个人，哈珀暗暗感到一丝轻松。她从来都不对任何人有偏见，即便是美女，但她却禁不住感到如果佩恩一伙人离开这里，会对小镇和镇上所有人都更好。

“我想知道她们来这里干什么。”玛莎说，只见她们走进了图书馆对面的贝尔餐厅。

“跟这里其他人做的一样，”哈珀试图表现出对她们并不在意，“现在是暑假。”

“但她们像电影明星什么的。”这时佩恩、莱西和希雅消失在餐厅门后，玛莎转过身来对着哈珀。

“就算是电影明星也要度假。”哈珀从前台桌下抓起包，“我要赶快去码头找我爸了，可能会迟点回来。”

她急匆匆地跑向自己的老水星黑貂车，希望来去码头这段路上别被淋到。她跳进车里，发动引擎，抬起头正好瞥到佩恩、莱西和希雅正坐在贝尔餐厅靠窗的座位上。

她们中有两个人在喝饮料，和一般的顾客没什么两样。但佩恩却在朝窗外看，她深色的眼睛死死地盯着哈珀，丰满的嘴唇绽放出一个微笑，男人看了可能觉得十分诱人，但哈珀却奇怪地嗅到了危险的气息。

她开动车子，一下子加速，差点擦到另一辆车子，这可一点不像她的风格。她沿着通往码头的路飞驰，怦怦直跳的心渐渐平静下来。哈珀又一次盼望，要是佩恩她们能离开这里该多好呀。

# 第三章
# 目标物

哈珀真不希望见到丹尼尔，但她最近去码头似乎没有哪次是不撞见他的。他住在自己停靠在码头的船里，尽管这只是一艘游艇，并不真正适合长期居住。

布莱恩在花岛海湾码头工作，帮入港的驳船卸载货物。这里主要为工程船服务，所以对游人没什么吸引力，大部分私人船只都停泊在靠近海滩的海湾。当然，也还是有一些本地人仍然把船停在码头，丹尼尔恰巧是其中之一。

哈珀第一次撞见他就是在去码头找布莱恩的路上。当时丹尼尔显然刚起床，想到船边去撒尿。她刚好在这错误的时间抬头，把丹尼尔的男性部位尽收眼底。

哈珀当下发出了尖叫，丹尼尔立马拉上裤子，然后跳下船，作了自我介绍，并一再道歉。要不是他一直忍不住大笑，她可能还真的原谅他了。

今天哈珀经过他的“脏鸥号”（真是恰如其分的名字）船时，丹尼尔正赤膊站在甲板上——尽管海湾那边刮来一阵阵冷风，空气中充满了寒意。

他背对着哈珀，她能看到他背上一整面的文身。文身根部就在他裤腰上方，树干部分沿着脊椎向上生长，顶端向一边弯曲，茂盛的黑色枝丫向外延伸，爬过肩膀，一直覆盖到他右边的胳膊。

她用手遮住脸的一侧，防止看到他。现在他穿着裤子，似乎是在晾衣服，但这并不代表他不会什么时候又把裤子给脱了。

正是因为哈珀挡着眼睛，什么也看不见，所以直到她听到丹尼尔喊“小心”才抬起头来，一件湿嗒嗒的东西一下子甩到了她脸上。

她即刻失去平衡，向后摔倒在码头上，而且是毫无形象地屁股着地。丹尼尔从船头的护栏后一跃而过，跳到了码头上。

哈珀一把从脸上扯掉那个东西，她仍然不太确定这是个什么东西，只知道是湿的，而且来自丹尼尔，所以她只能往不好的方面想了。

“不好意思。”丹尼尔说着从她身边的地面上捡起那东西，还一直在大笑。“你还好吧？”

“我没事。”哈珀怒声说。丹尼尔伸手想扶她起来，但她把他的手拍掉，自己站了起来，“不麻烦你。”

“我真的很抱歉。”丹尼尔又说了一遍，他一直冲着哈珀微笑，但笑容中带着腼腆，所以哈珀决定少恨他一点，不过只是少一点点。

“这是什么呀？”哈珀问，用衣袖擦着脸。

“只是件 T 恤。”他把卷成一团的 T 恤展开，果真是件普通 T 恤，“是干净的，我正在晒衣服，结果被风吹走了，然后吹到了你脸上。”

“你现在晒衣服？”哈珀指指阴云密布的天，“真是傻到家了。”

“没办法，我没有干净衣服可以换了。”丹尼尔耸耸肩，用手挠挠蓬乱的头。哈珀一直不知道他原本就是金色的头发，还是因为头发太脏。“我知道我不穿衣服四处溜达有些姑娘并不介意，但……”

“是啊，没错。”哈珀发出了作呕的声音，却让丹尼尔又大笑起来。

“好吧，对不起，”丹尼尔说，“我真的很抱歉。我知道你不相信我，但请允许我补偿你。”

“你可以补偿我，就是每次我经过时别再让我留下心理创伤。”哈珀提议。

“心理创伤?”丹尼尔发出傻笑，扬起了一边的眉毛，“这只是件 T 恤，哈珀。”

“没错，这一次只是件 T 恤。”哈珀对其怒目而视，“你根本就不应该住在船里。你为什么不找个安稳的地方住下来，这样就不会有这些事了。”

“说着容易做起来难。”他叹了口气，视线从她身上移开，望向了海湾，“不过你说得对，我会小心点的。”

“这是我全部的请求。”她说完就继续赶路了。

“哈珀，”丹尼尔叫道。哈珀的理智告诉她不该理会，但她还是停下来回头看。“什么时候我请你喝咖啡吧?”

“不用了，谢谢。”哈珀迅速回答，可能回答得有些太迅速了，丹尼尔脸上闪过一丝受伤的表情。但他立刻就恢复了常态，露出微笑。

“好吧，”他点点头，“下次见。”

哈珀什么也没多说，转身走了，留下他孤零零地站在码头上。她其实对他的邀请有些吃惊，但她并没有心动，一点也没有。

没错，丹尼尔长得还算不错，有种邋遢的摇滚明星范儿，但他大她好几岁，而且他的人生就是一团糟。

哈珀曾跟自己立下协议，要到大学再谈恋爱。她的全部精力都用于把生活打理得井井有条，没有时间浪费在男生身上。这是她一直以来的计划，特别在去年秋天她初涉情场

后，这一想法更坚定了。

亚历克斯想撮合哈珀和他的朋友卢克，并一直说他俩很般配。尽管哈珀和卢克是校友，但她从来没和卢克一起上过课，所以并不怎么认识他。但在亚历克斯三番五次的劝服下，她终于同意试一试。

她唯一一次见卢克是在亚历克斯家的一次电脑游戏主题聚会上。哈珀一般不怎么参加这一类活动，所以在两人约会之前，他们几乎没有过什么交流。

约会本身挺顺利的，她已经同意下一次再出去。卢克人不错，也很风趣，只不过明显有些书呆子气，但还算有个人特色，所以也挺可爱。真正的问题出现在他们要进一步发展时。

他人挺好的，但两人之间没有化学反应。为了跟他分手，哈珀告诉他自己需要专注于学业和家人，没有时间谈恋爱。但后来两人相遇时依然尴尬。

这更坚定了她对恋爱的看法，她没有时间也不需要这所有的儿女情长。

吉玛靠在泳池旁，摘下泳镜。教练利维站在岸上，她能从他的表情判断出自己又刷新了个人纪录。

“我又快了，对吧？”吉玛问道，朝他微笑。

“你又快了。”教练说。

“我就知道！”她扳住泳池边，双手一撑到了岸上，“我感觉得到。”

“很不错。”教练点点头，“想想看，要是你不浪费精力晚上去游泳，你会游得有多快。”

吉玛发出抱怨声，摘下泳帽，放下一头长发。她环视了一下空荡荡的泳池。游泳队没有人暑假还训练，也没有人像她训练得那么刻苦。

吉玛和教练谁都没有正式提过，但两人都把目光放在了奥运会。离下一届还有好几年，但吉玛已经决心要在这之前维持最佳竞技状态。利维教练尽可能让她参加每一次比赛，她也几乎次次都获胜。

“这不是浪费精力，”吉玛盯着地上脚周围的一摊水，这是从她身上滴下来的，“是玩，我需要放松。”

“你是需要放松，”教练同意，他夹起写字板，双手交叉抱在胸前，“你需要玩一玩，好好放松，像个孩子一样。但你没必要晚上去游泳。”

“要不是哈珀告密，你都不会知道我晚上在游。”吉玛小声嘀咕。

“你姐姐担心你，”教练慈祥地说，“我也担心你。我不是光担心训练。海湾晚上很危险，最近又有一个小孩失踪了。”

“我知道。”吉玛叹了口气。

她已经听哈珀讲了十多遍。有个十七岁的男生跟父母住在一幢海滨别墅里，他出去和朋友参加篝火晚会，再也没回来。

这件事本身听上去没什么离奇的，但哈珀立即提醒吉玛上几个月有两个男生也失踪了。某天晚上他们离开家后，就再也没回来过。

通常哈珀都是说完这些事后，跑到布莱恩那里，要求他让吉玛待在家里。但布莱恩没听她的话。尽管她们的妈妈发生了那样的事。也有可能正是因为她的遭遇，他觉得对孩子来说更重要的是过自己想过的人生。

“你一定要小心，”教练告诉她，“要是因为做傻事失去现在的一切，就太不值得了。”

“我知道。”吉玛说，这一次她听进去了些。付出了那么多努力和牺牲，她不能让任何一丝机会溜走。

“好吧，”教练说，“不过今天真的游得不错。你应该为自己感到骄傲。”

“谢谢，我明天会游得更好。”

“别给自己太大压力。”教练说道，冲她露出了微笑。

“好的。”她也回以微笑，指指她身后的更衣室，“我去洗澡了。”

“今晚好好放松一下，别做跟水有关的事了，好吗？你应该开拓一下游泳以外的世界，这对你有好处。”

“是，长官。”吉玛边后退边朝教练行礼，他也笑了。

她很快冲完澡，把头发上的泳池消毒剂洗掉。长时间浸泡在水里本会让她的皮肤干得可怕，但她每次擦干后都会抹婴儿油，这是唯一不会让她的皮肤裂得像鳄鱼的法宝。

她穿好衣服后，出去取自行车。天又开始下雨了，比之前猛了一倍。她把帽子套到头上，开始后悔骑车来训练的决定，这时身后响起了汽车喇叭声。

“要搭车吗？”哈珀摇下车窗，冲妹妹喊。

“我的自行车怎么办？”吉玛问。

“明天再来骑回去。”

吉玛也没多想，跑到车旁，跳进了车里。她把训练包往后座一扔，系上了安全带。

“我刚好下班回家，想想还是过来转一转，看你需不需要接。”哈珀边说边把车开离体育馆。

“谢谢。”吉玛拨了一下空调口，让热气正对着自己吹，“这雨还挺凉的。”

“今天练得怎么样？”

“不错，”吉玛耸耸肩，“我创了新的纪录。”

“真的吗？”哈珀兴奋的声音里透露着真诚，她朝吉玛微笑，“太棒了！祝贺你！”

“谢啦。”吉玛向后一靠，“今晚有什么安排？”

“你指什么？”哈珀问，“晚饭爸爸会烤比萨，吃完我打算去玛莎家看纪录片《热咖啡》。你呢？”

“我不知道。没什么计划。我今晚打算待在家里。”

“你是说真的待在家里面？”哈珀问，“晚上不去游泳了？”

“不游了。”

“哇。”哈珀停顿了一下，有些吃惊，“那太好了，爸爸会高兴的。”

“我想也是。”

“需要的话，我也可以待在家里，”哈珀提议，“租张碟我们一起看电影。”

“不用了，没事的。”吉玛望着窗外沿途的风景，“我在想，晚饭以后看看亚历克斯想不想来家里玩《荒野大镖客》。”

“噢。”哈珀深深叹了一口气，但什么也没说。

她并不赞成两个人发展下去，她已经跟吉玛表明立场了。但是，吉玛和隔壁男生在家里玩电子游戏总比半夜到镇上乱跑好。

“只有三个人了。”吉玛说，打断了哈珀的思绪。

“什么？”哈珀望出去，看到了佩恩、希雅和莱西正沿街走着。

现在是瓢泼大雨，但她们连外套都没穿，似乎并不介意淋雨。如果是其他人，哈珀会让她们搭车，但她开过这三人时刻意加速了。

“只有三个人了。”吉玛转过去问姐姐，“第四个人怎么了？”

“不知道。”哈珀摇摇头，“她可能病了。”

“我觉得不是。”吉玛把头靠在椅背上，向后倒，“她叫什么名字？”

“阿丽丝塔，好像是。”哈珀边回忆边说。她是从玛莎那儿得知她们的名字的，玛莎则是从贝尔那里听来的，贝尔是镇上八卦消息的可靠来源。

“阿丽丝塔，”吉玛重复了一遍，“好傻的名字。”

“肯定也有很多人觉得我们的名字很傻，”哈珀指出，“取笑别人无法改变的事很没有教养。”

“我没有取笑她，我只是随便说说。”吉玛回过头看着那三个女孩渐渐消失的身影，“你觉得会不会是她们杀了她？”

“别乱说。”哈珀说，尽管她也有过这样的想法，“谣言就是这么产生的。”

“我没有散播谣言，”吉玛转转眼珠，“我只是问问你怎么想的。”

“我当然不会觉得她们杀了她。”哈珀希望自己的语气能比内心想法要坚定，“她很有可能病了，或是回家什么的。肯定没什么大问题。”

“但是她们有点不合群。”吉玛若有所思，仿佛不是在和哈珀说，而是在自言自语，“总有点不太对劲。”

“她们是几个美女，仅此而已。”

“但没人知道她们从哪儿来。”吉玛坚持己见。

“现在是旅游旺季，没人知道其他人从哪儿来。”哈珀开车转过街角，转过身去对妹妹说，想要劝诫她别太八卦。

“小心！”吉玛尖叫，哈珀猛踩刹车，车子急停下来，差一点就撞到前方的佩恩和希雅。

那一瞬间，哈珀和吉玛谁都没说话，哈珀只能听到自己

剧烈的心跳声。佩恩和希雅就站在黑貂车的正前方，透过挡风玻璃盯着姐妹俩看。

这时莱西突然敲了几下吉玛的车窗，姐妹俩吓得一起尖叫。吉玛回头看看哈珀，似乎在询问她的意见。

“摇下车窗。”哈珀匆匆说，吉玛照做了，接着她凑上前去，挤出一个微笑，对莱西说：“对不起，我们没看见你们。”

“没关系。”莱西爽朗地咧嘴笑了，并不在意大雨打湿她的金发，“我们正在找路。”

“找路？”哈珀问。

“是呀，我们有点迷路了，找不到回海湾的路。”莱西把纤细的胳膊靠在车上，低头看着吉玛，“你知道去海湾的路对吧？我们常常看到你去那儿。”

“嗯，对。”吉玛指指她们前面的路，“沿着这里走，经过三个街区，到海滨大道向右转，一直走就到了。”

“谢谢。”莱西说，“你今晚会去海湾吗？”

“不会。”吉玛和哈珀异口同声，吉玛看了她姐姐一眼后说，“下大雨游泳没意思。”

“为什么？雨也是湿的呀。”莱西被自己的话逗笑了，但吉玛什么也没说。“好吧，我们肯定还会再见面。我们会关注你的。”

她朝吉玛眨眨眼，站起身，离开车。吉玛摇起车窗，但佩恩和希雅不大情愿地慢慢从车前挪开。那一刻，哈珀都担心自己要倒车才能摆脱她们。

她们终于让出路来，哈珀克制住想杀出一条血路的冲动，她的车开过时甚至还朝她们溅了一些雨水。但吉玛一直僵硬地坐在位子上，依然对这几个人心怀芥蒂。

“她们有点奇怪。”车子驶远后，哈珀说道，她的心跳终于渐渐恢复正常。

“而且恐怖。”吉玛附加一句。哈珀什么也没说，吉玛转过去瞪着她，“别否认了，你一定也觉得她们有点恐怖。否则你为什么不提出送她们回家呢？”

哈珀握紧方向盘，挣扎着找出一个理由：“她们好像很喜欢下雨。”

“随便你吧。”吉玛翻翻白眼，“她们不知道从哪里一下子冒出来，你也看见了！她们本来在我们后面，突然一下就到前面去了，就好像……鬼一样。”

“她们抄了近路。”哈珀没什么底气地反驳，此时她已经把车开进自家车道，停在爸爸的福特 F150 车旁。

“哈珀！”吉玛抱怨，“你能不能别那么有逻辑，你为什么不承认她们让你毛骨悚然？”

“没什么好承认的。”哈珀撒了谎。她把车熄了火，换了个话题，“要不要让爸爸检查一下你的车？”

“等明天不下雨了再说吧。”吉玛从后座抓起训练包，跳出车，跑进屋子，哈珀匆匆跟在她后面。

她们开进车道后，哈珀就有种被跟踪的奇怪感觉，而且怎么也无法摆脱。她一进屋，就反锁了前门，接着才坐下来听吉玛和布莱恩聊这一天的事情。

房间里已经飘满了比萨的香味，因为有布莱恩自制的配料才那么香。尽管室内气氛很温馨，哈珀却始终挥散不去那种感觉，所以她透过门上的猫眼不断向外看，仔细查看周围街道，但到处空荡荡的。过了一刻钟左右，她才安下心来，却还是觉得有人在监视他们。

# 第四章
# 母　亲

“这是个大工程，得要一天时间。”布莱恩把头埋在吉玛的雪佛兰引擎盖下。他的手臂上黑黑的，可能是沾了机油或其他什么液体，他的旧工作衫上也沾了一些。

“我理解。”哈珀说。她原本也没期待他一起去，但还是忍不住问了一下。“也许下次吧。”

布莱恩没有抬头看她，似乎正百分百专注地修发动机，但他每周六都能找到事情忙，这样他就不用跟哈珀和吉玛一起去了。

“好吧，”哈珀叹了口气，捏着手里的车钥匙，“那我们出发了。”

屋子的纱门“砰”地响了一声，哈珀回头看见吉玛刚刚出来。她戴着宽大的黑色墨镜，但嘴唇抿成了一条线，哈珀知道她在瞪父亲。

“他不去，对吧？”吉玛问道，双臂交叉抱在胸前。

“今天不去。”哈珀轻声说，想让妹妹消消气。

“对不起，宝贝，”布莱恩从引擎盖下抬起头，指指头顶灿烂的太阳，“我想趁天气好把车修好。”

“随便吧。”吉玛发出嘲弄的声音，大踏步地走向哈珀的车。

“吉玛！”哈珀在后面喊她，但吉玛只是摇摇头。

“随她去吧。”布莱恩对哈珀说。

吉玛坐进车，很响地甩上车门。哈珀知道她不高兴，她也理解，但吉玛也不应该态度那么差。

“对不起，爸爸，”哈珀不自然地冲他笑，“她只是……”她的双手在空中挥了一下，因为找不到合适的词形容吉玛。

“没关系的。”布莱恩斜眼看了一会儿太阳，然后转身面对车，他一只手拿着扳手，漫不经心地轻敲着车子，“她没做错什么。我知道，你也知道。但我……”

他没说下去，肩膀往下耷拉着。他的表情因为极力想要掩饰自己的情绪而变得紧绷僵硬。哈珀不喜欢看到爸爸这个样子，她想说点儿什么来挽救局面。

“我理解，爸爸，”哈珀努力宽慰他，“真的。”她伸出手臂，拍拍他的肩，这时旁边发出了很响的汽车喇叭声。

“她在等我们，哈珀!”吉玛在车里喊。

“不好意思，”哈珀向后退，朝自己的车走去，“我得走了。我们等下回来。”

“慢慢来。”布莱恩说。他弯下腰继续修发动机，背对着哈珀，“玩得开心点。”

哈珀想对爸爸再多说些什么，但吉玛这边的情形让她不敢再耽搁。吉玛一开始还只有不耐烦，但当她感到不高兴的时候，她会做出一些不可思议的举动。

“你态度太差了。”哈珀一上车就这么说。

“我态度差?”吉玛无法置信地问道，“我不是那个抛下妈妈的人。”

“嘘!”哈珀发动车，打开音响，希望能盖过吉玛的声音，别让布莱恩听到，“他可是待在家里修你的车啊!”

“他才不是。”吉玛摇摇头。她向后靠在椅背上，双臂紧紧地交叉在胸前，“他哪一天修我的车都可以，他待在家里的原因和所有其他周六都一样。”

“你不知道他去的话会有多难受。”

他们逐渐驶离房子，哈珀抬头看后视镜，布莱恩正站在车道上，显得茫然若失。

“他不知道我们有多难受，”吉玛反驳，“关键是我们每个人都不好受，可我们两个还是坚持下来了。”

“每个人处理问题的方式不一样，”哈珀说，“我们不能强迫他去看她。我甚至都不知道你今天为什么特别烦躁。他已经有一年多都没去看过她了。”

“我不知道，”吉玛承认，“有时候我就是耿耿于怀。可能今天是因为他拿我作不去看妈妈的借口。”

“你是说他以修你的车为借口？”

“对。”

“她只看到我们也会很高兴的。”哈珀瞥了吉玛一眼，努力向她微笑，但吉玛却凝视着窗外。“谁去或是没去都不重要，我们已经尽力了，她懂的。”

每逢周六，只要天气允许，哈珀和吉玛都要开二十分钟车去石楠山上的疗养院。这是离家最近的脑创伤疗养院，她们的母亲娜塔莉已经在这里住了七年。

九年前的一天，娜塔莉开车送哈珀去参加一个比萨派对，一个酒驾司机从旁边撞上了她们。哈珀大腿上从此留下了一道长长的疤，而娜塔莉则昏迷了将近六个月。

哈珀以为妈妈会离开她们，但吉玛从未放弃过希望。娜塔莉最终苏醒过来，但她几乎已经丧失了语言和自理能力。她在医院待了很长一段时间，重新学习生活技能。过了些时日，她找回了一些记忆。

但她永远也回不到原来的样子了。她的运动能力变得很差，记忆力和理解力大大受损。她过去一直都很体贴有爱心，但车祸以后，她的同情心所剩无几。

在家里闹腾了短暂的一段时间后，布莱恩最终不得不把娜塔莉送到石楠山上的疗养院去。

从外面看，疗养院就像一座普通平房。房子条件不错，即使是房间内部也和普通住宅没什么太大不同。娜塔莉和另外两个室友共住一间，24 小时有人看护。

哈珀刚把车开进疗养院车道，娜塔莉就从前门冲出来，跑向她们。这是个好迹象，有几次她们来，她只是坐在房间里一直悄悄地哭。

“我的女儿们来啦！”娜塔莉大力地拍着手，毫不掩饰喜悦之情，等着姐妹俩下车，“我告诉他们你们今天要来！”

娜塔莉一把抱住哈珀，抱得很紧，都有些弄疼哈珀了。吉玛从车另一边过来，娜塔莉把她也一起拥进怀抱，由于靠得太近，两人都有点不太舒服。

“看到你们我太高兴了，”娜塔莉喃喃自语，“好久没看到你们了。”

“我们也很高兴，”吉玛从娜塔莉的拥抱中挣脱出来，“但我们上周才来过。”

“你们真的来过？”娜塔莉眯起眼睛，仔细审视这两个女孩，似乎不太相信她们。

“是呀，我们每周六都来看你。”哈珀提醒她。

娜塔莉迷惘地皱起了眉头，哈珀屏住了气，不知自己该不该告诉她事实。娜塔莉一旦感到迷茫或沮丧，脾气就会像火山爆发。

“你今天很漂亮。”吉玛说，急忙改变话题。

“是吗？”娜塔莉低头看看印着贾斯汀·比伯的 T 恤，微笑着说，“我喜欢贾斯汀。”

哈珀遗传了父亲的大部分长相，吉玛却像是和妈妈一个模子里刻出来的。娜塔莉苗条美丽，看上去像个模特，不像是当了妈妈的人。她留长了棕色头发，盖住车祸给头皮留下的疤痕。她把几绺头发编成了细细的发辫，刘海中还有一缕串着玫红色的珠子。

“你们两个都很漂亮!”娜塔莉欣赏着自己的女儿，摸了摸吉玛光着的胳膊，“你晒得这么黑了！你怎么会这么黑?”

“我整天都待在水里。”吉玛说。

“对的，对的，对的，”娜塔莉闭上眼揉揉太阳穴，“你是游泳运动员。”

“没错。”吉玛微笑着点点头，感到欣慰，妈妈终于记住她说过上千遍的话了。

“快进来吧!”娜塔莉驱散脸上痛苦的表情，指指屋子，“我告诉他们你们今天要来，所以他们同意我做曲奇饼干!我们赶快趁热吃。”

她用手勾住吉玛的肩膀，跟她一起走进屋子。工作人员向姐妹俩问好，经过这些年，他们比娜塔莉更了解吉玛和哈珀。

不是娜塔莉没有用心，她只是记不住。

她说她做了曲奇，但盘子旁显然是“趣多多”饼干的包装袋，她只是把饼干倒在了盘子里。她已经好几次这样了，哈珀并不完全理解她为什么要这样。娜塔莉会撒些小谎，说一些哈珀和吉玛一下子就看穿的假话。

一开始她们会纠正她。哈珀会耐心地解释她们为什么知道这是谎话，但娜塔莉一被戳穿就会暴怒，她曾经朝吉玛扔过一个玻璃杯，杯子没有打中吉玛，但撞碎在墙上，碎片割伤了吉玛的膝盖。

所以现在她们只是微笑着吃着曲奇，听娜塔莉说她是如何如何做的。她拿起装曲奇的盘子，领着姐妹俩走回自己卧室。

"这里好多了，"娜塔莉说，一边把门关上，"没有人监视我们。"

娜塔莉坐在她窄窄的单人床上，吉玛坐在她身旁。哈珀依然站着，她总是觉得在母亲卧室里不太自在。

墙上贴满了海报，大部分是贾斯汀·比伯的，这是娜塔莉近来最爱的明星。不过另外还有一张《哈利·波特》最新的一部电影海报和一张小狗小鸭依偎在一起的画报。床上放满了小动物的填充玩具，洗衣篮里的衣服都已经满出来了，她的衣服比一般成年人的要鲜艳闪亮许多。

"你们想听音乐吗？"娜塔莉问。她们还没回答，她已经跳下床走到音响边，"我有几张新 CD。你们想听什么？我什么歌都有。"

"你想听什么都行，"吉玛说，"我们是来看你的。"

"你们可以选一张。"娜塔莉微笑着说，但笑容中透着隐隐的忧伤，"他们不让我开很响，但我们还是可以轻轻地听。"

"贾斯汀·比伯？"哈珀提议，倒不是因为她想听，而是她知道娜塔莉肯定有这张碟。

"他最棒了，对吧？"娜塔莉按了播放键，音箱中飘出了音乐，她开始尖叫。

她跑到床上在吉玛身旁跳来跳去，床上盘子里的曲奇都被震了出来。吉玛捡起曲奇，按照娜塔莉原来那样在盘子里摆好，但她根本没注意到。

"妈妈，最近过得怎么样？"哈珀问。

"老样子。"娜塔莉耸耸肩，"我想跟你们一起住。"

"我知道，"哈珀说，"但你知道住在这里对你最好。"

"你可以来家里玩啊。"吉玛说。她已经邀请了妈妈好几年，但娜塔莉已经很久没回家了。

“我不想去。”她噘起嘴，下嘴唇凸了出来，一边扯着自己T恤的衣角，“我猜你们都过得很开心。没人会命令你们做什么。”

“哈珀一直在命令我做这个做那个，”吉玛笑了，“当然，还有爸爸。”

“啊，对，”娜塔莉说，“我差点忘了他。”她的额头皱了起来，集中精神回忆道，“他叫什么名字？我又忘了。”

“布莱恩。”哈珀微笑着，掩饰着内心的难受，她艰难地咽了下口水，“爸爸的名字叫布莱恩。”

“我还以为是贾斯汀。”她挥挥手，赶走这个话题，“如果我有演唱会的票，你们想跟我一起去吗？”

“恐怕去不了，”哈珀说，“我们最近有点忙。”

这样的谈话持续了一阵，娜塔莉询问她们的生活状况，她们告诉她已经说过一百遍的事。她们离开时，和以往一样的感受又涌上哈珀的心头——筋疲力尽但感到宽心。

她爱母亲，吉玛也一样，能看到娜塔莉，她们两个都感到开心。但哈珀总是控制不住去想，这样下去她们究竟能得到什么。

# 第五章
# 夜晚的星空

屋后的垃圾桶闻起来像是死了只小动物。吉玛一边捂着鼻子屏住呼吸，一边把垃圾袋扔到垃圾桶里。她不知道父亲或哈珀丢了什么垃圾，闻起来一阵阵恶臭。

她用手扇扇鼻子，赶快走开，努力地呼吸夜晚的新鲜空气。

她的目光飘向了邻居家。最近她发现自己越来越频繁地看向那里，似乎是在下意识地寻找亚历克斯。这一次她运气不错，借着她们家后院的灯光，她看到亚历克斯正伸展四肢躺在自家草坪上，抬头凝视着夜空。

“你在干吗?”吉玛问，不请自入，走进亚历克斯家的后院。

“在看星座。”亚历克斯回答。但她其实早已知道答案，打认识亚历克斯以来，他研究星星的时间超过了关注地面的时间。

他仰天躺着，双手交叉垫在脑后，身下垫着一块旧毯子。他身上的蝙蝠侠 T 恤已经有些小了，明显是最近猛长之前买的。他胳膊的肌肉和宽阔的肩膀把衣服撑得鼓鼓的，衣角向上微微撩起，吉玛看到了他一点点裸露的腹部，于是赶快别过头，假装没看见。

“介不介意我也加入?”

“不，不，当然不介意。”亚历克斯立马起身，给吉玛在毯子上腾出一块位置。

“谢谢。”

毯子并不大，吉玛坐下来后，跟他贴得很近。而当她躺下来时，头撞到了他的肘部，为了避开，亚历克斯动了下胳膊，搁在两人身体中间，于是两人的胳膊就紧紧地贴在一起了。吉玛感受到了他皮肤的温暖，但她努力把这念头赶出脑子。

“那你究竟在看什么？”吉玛问。

“我以前就给你介绍过星座。”亚历克斯说。没错，他以前是说过好多次，但那大多是在吉玛还小的时候，而且那时候她没像现在那么在意他的话。

“我只是好奇你是不是在看哪个特别的星座。”

“没有，我只是喜欢星星。”

“所以你才为此上大学吗？”

“为了星星？”亚历克斯问，“也许吧。不过我也不确定，因为我并不想当宇航员什么的。”

“为什么？”她偏转头，这样就可以看着他。

“我不知道。”他挪动了一下身子，手碰到了吉玛的手，“去太空是很了不起，但我更愿意待在地上做一番成绩。我想研究气候，预测天气，这样也许能在暴风雨来之前挽救生命。”

“你宁愿待在地上研究天空也不愿意去太空，只是因为这样能帮助别人？”吉玛问。

她目不转睛地看着他，有些惊讶他变得这么成熟。看来他成熟的不仅仅是下巴坚毅的线条，他的内心也在发生改变。某一天，他将不再是那个沉迷电子游戏的男孩，而是关心这个世界的大人。

“是呀。”他耸耸肩，转过头面对着她。他们就这样并排躺在垫子上，四目相对。过了一会儿，亚历克斯扑哧一下笑了，“怎么了？你怎么这么看着我？”

“我没有怎么看你啊。”吉玛说，但她立马转移了视线，害怕他看出她表情的异样。

“你觉得我很怪，对吧？”亚历克斯问，依然看着她，“你一定觉得我是个想研究天气的书呆子吧。”

“没有，我根本没那么想。”她想到自己真实的想法，有些尴尬地笑了，“我的意思是，你确实是个书呆子。但我刚才没往这方面想。”

“我是书呆子。”亚历克斯表示赞同。吉玛开怀大笑，接着，亚历克斯不经大脑脱口而出：“你真美。”

话一出口，他立刻不自然地转过头。

“不好意思，我不知怎么说了这样的话。我不知道我为什么说，”亚历克斯急匆匆一口气说完，“真不好意思。”

吉玛静静地在那儿躺了一分钟，望着群星，亚历克斯则害羞得不断挪动身体。她一开始一言不发，因为她不知道该说些什么，不知道该如何理解他这意外的坦白。

“你是不是……刚刚说我很美？”吉玛终于开口了，她的语气有些不太确定。

“是的，我没有……”亚历克斯坐起身，似乎想要拉开两人的距离，“我不知道为什么会说这样的话，就这样脱口而出了。”

“脱口而出？”吉玛取笑道，也坐起身来，跟他靠齐。亚历克斯朝前俯身，双臂抱着膝盖，拿背冲着吉玛。

“是呀，”他叹了口气，“你刚刚笑了，我觉得你很美，所以不知怎么，这话……我就这么说出口了。就好像我忘了控制嘴巴什么的。”

“等等，”她露出了无法自制的微笑，“你觉得我美？”

“嗯，是的。”他又叹了口气，摸摸自己的胳膊，“我当然这么想。事实上，我觉得你非常美。你自己也知道。”他抬头望着夜空，低声骂自己，“不知道怎么就说出口了。”

“没关系。”吉玛靠近他，坐在他身旁，但稍稍靠后一些，这样她的肩膀就抵着他的肩膀，“我觉得你也很美。”

“你觉得我美？”亚历克斯笑了，转过头看她，此时两人正好面对面。

“对呀。”她咧着嘴笑表示肯定。

“我是男生，我们不会说男生美。”

“你是。”她的笑容渐渐变得温柔，脸上露出一丝紧张但期待的表情。

亚历克斯深色的眼眸凝视着她的脸，面色变得有些苍白。他显然害怕极了，即便此时是绝佳的浪漫时刻，吉玛还是觉得他不会把握这个机会。

此时他靠上前，嘴唇轻轻地印到了她的双唇上。这个吻轻轻柔柔，令人感到甜蜜，几乎可以说纯真无邪，却让吉玛心中放起了焰火。

“抱歉。”亚历克斯吻完后立刻转过头道歉。

“你为什么要道歉？”吉玛问。

“我也不知道。”他笑了。他摇摇头，回头看向微笑的她，“我并不抱歉。”

“我也不。”

亚历克斯俯过身又想吻她，但还没吻到，布莱恩在他们身后的屋子里大声叫道：

“吉玛！”

这下把气氛全毁了。亚历克斯仿佛触电般从吉玛身边跳开。

吉玛慢慢地站起身来，充满歉意地微笑：“不好意思。”

"是啊，不是，没关系。"亚历克斯挠挠后脑勺，都不敢朝吉玛或是她父亲那个方向看。

"下次见?"吉玛问。

"嗯，嗯，当然。"他快速地点头。

吉玛匆匆赶回家，她父亲正站在后门，为她开着门。她进屋后，布莱恩还在外面多待了一分钟，看着亚历克斯笨拙地把毯子折起来。

"爸爸!"吉玛在里面冲他吼。

布莱恩故意等了一下才进来。他把后门带上，上了锁，然后关了屋外的灯。他走进厨房时，吉玛正走来走去咬着手指甲。

"你没必要监视我。"

"你倒垃圾倒了十五分钟，"布莱恩斜靠在台板上，"我只是想看看你有没有被绑架或是被凶猛的浣熊袭击。"

"好吧，我没事。"吉玛停下脚步，深吸了一口气。

"你想跟我说说刚才怎么回事吗?"

"不想!"她瞪大了眼睛。

"吉玛，我知道你已经十六岁了，开始谈恋爱了，"他把身体重心从一只脚移到另一只脚，"而亚历克斯的确人不错。但他年纪比你大，有些事你还太小……"

"爸爸，我们刚刚接吻了。行了吧?"吉玛皱起了眉，跟父亲谈论这种话题实在是很尴尬。

"那你现在……是在跟他交往吗?"布莱恩小心翼翼地问。

"我也不知道，"她耸耸肩，"我们只是亲了一下。"

"你最多到这种程度。"布莱恩说，"再过几个月他就要走了，你还太小，没办法真正承诺什么。而且，你还要专心训练。"

“爸爸，求求你了，”吉玛说，“让我自己处理这件事，好吗？”

“好吧，”他不情愿地说，“不过他要是动手动脚，我就杀了他；他要是伤害你，我就杀了他。”

“我知道了。”

“关键他知不知道？”布莱恩指了指隔壁亚历克斯家，“要不我过去亲自告诉他。”

“千万别，爸爸！”吉玛举起手，“我知道了。你不介意的话，现在我要睡觉去了，明天我还要早起去游泳。”

“明天是星期天，泳池不开放。”

“我去海港游。今天晚上我没游，明天一定得去。”

布莱恩点点头，就此罢休。吉玛匆忙跑上楼，哈珀房门下的缝隙还透着灯光，说明她还没睡。吉玛为了不惊动她，悄悄溜进自己房间。

从哈珀的卧室窗户望出去，可能刚好可以看见吉玛和亚历克斯亲吻，她也有可能听到了吉玛和爸爸的谈话。吉玛最害怕的就是和哈珀讨论这件事，特别是连她自己都不知道自己的感受时。

吉玛关上房间门，一下子躺倒在床上。天花板上贴着塑料星星，只有几颗还能发出微弱的光。她盯着这些星星看，这让她想起了亚历克斯。

吉玛八岁时，患有很严重的夜晚恐惧症，哈珀来帮她的天花板装上星星，亚历克斯也来帮忙，尽他所能准确地排出星座的位置。

现在想到他感觉有点奇怪。吉玛曾经一直把他看作是姐姐身边的宅男朋友，但现在一想到他，心跳就会加速，会有一股暖流从小腹升涌而起。

她的嘴唇能感受到他刚刚吻过的痕迹，她不由地想，不知下一次要什么时候能再吻他了。她很晚都没睡着，一直在脑海中反复播放刚才的画面。最后她终于入睡，嘴角还挂着微笑。

清晨，床头的闹钟把她吵醒。太阳才刚刚升起，明亮的橙色光芒透过窗帘照了进来。闹钟的“延迟再响”键在向她发出邀请，但她已经有一整天都没有游了，必须得补起来。

吉玛梳洗完毕整装待发，卡普里镇已经整个沐浴在温暖的阳光中了。哈珀和爸爸都还在睡，她在冰箱上留了个字条，告诉他们自己去花岛湾游泳了。

她把 iPod 里 Lady Gaga 的歌调大音量，跳上自行车出发了。时间还早，镇上大多数人都还在梦乡中。吉玛喜欢这种时候，街上不会到处挤满了人。

去海湾的路似乎比往常要近，自行车的脚踏板踩起来似乎也变轻松了，吉玛感觉自己仿佛漂浮在云端。亚历克斯的一个吻就已经让整个世界变得美好。

由于这次是骑车，她不能到常去的柏树林那儿下水。她的自行车爬不了那段路，而且也没地方锁车。所以她骑到了父亲工作的码头附近。

一般来说，这里不能游泳，因为周围都是船，会有危险，但她并不是真的要在这一带游。她锁好车后，就会跳下水，游到安全的区域去。而且这么早没人会出来阻止她。

吉玛把车停在码头的一根柱子旁边。她脱得只剩下泳衣后，就把牛仔短裤、无袖背心和人字拖一起塞进双肩包里，用自行车锁穿过包的背带跟自行车连在一起，把一切都锁得妥妥当当。

她跑到码头的远端，跳下水。早晨的空气还有一丝凉意，海水也有些冰凉，但吉玛毫不在意。吉玛只要一到水里，就仿佛鱼儿回到了家。

她珍惜在水里的每一分时光，一直游到晨曦初散，海湾开始变得热闹。今天似乎会是温暖晴朗的一天，所以海滩上渐渐挤满了人。靠近码头的水域已经停满了准备出海的船只，吉玛知道自己得回去了，否则有可能被卷到螺旋桨里。

水面通向码头的楼梯最后几档没了，所以吉玛得使力才能爬上岸。她正要努力把自己撑起爬上码头时，一只手伸到了她面前。手上的指甲修长且经过精心修剪，涂了血红的颜色，皮肤传来椰子的香味。

咸咸的海水从吉玛脸上滴下来，她抬头发现佩恩站在她面前，正是她的手伸向吉玛。

“要拉你一把吗？”佩恩问，微笑着，她的笑容让吉玛想起饥饿的动物。

# 第六章
# 狭　路

佩恩离吉玛最近，另外两个人就站在她身后。吉玛还从未这么接近过她们中任何一个，从近处看她们的美貌更加惊人。佩恩美得毫无瑕疵，就像杂志封面上 PS 过的性感模特。

“需要帮忙吗？”佩恩又更清楚地问了一遍，好像质疑吉玛的听力，因为吉玛正瞠目结舌地盯着她。

“我自己可以。”吉玛摇摇头。

“那随便你。”佩恩耸耸肩向后退，让吉玛爬上来。

既然拒绝了她的好意，吉玛希望自己上岸的时候能够优雅一些，但梯子最上面一档没了，所以她使出全力最后还是只能扑通一声摔倒在岸上。吉玛强烈地感觉到自己就像一条不断扑腾的鱼，所以她迅速站起身。

“我们见你经常去那里游泳。”佩恩说。

吉玛已经听到过一次她的声音，但还是有些震撼。佩恩的嗓音是那种婴儿牙牙学语般的性感声音，吉玛以前听别人这么说话总会抓狂，但佩恩的声音却不知为何令人感到舒服，显得尤为优美迷人。

事实上，光是听佩恩说话就已让吉玛消除了一点对她们的偏见。虽然这三个人还是让她不自在，但已经没那么强烈了。

“不好意思，”佩恩冲她微笑，露出雪白但似乎异常尖利的牙齿，“你可能还不知道我们是谁。我是佩恩，她们是我的朋友，莱西和希雅。”

“你好。”莱西朝吉玛挥挥手。她的金发在阳光下闪烁着金子般的光芒，双眼则如海水般碧蓝。

“你好。”希雅说，她虽然在微笑，却似乎不太乐意跟吉玛说话。她转头望向大海，一只手抚摸自己红色的卷发。

“你叫吉玛，对吧？”佩恩见吉玛保持沉默，便主动问道。

“是的。”吉玛点点头。

“我们常常看到你，挺喜欢你的风格。”佩恩继续。

“谢谢。”吉玛有些疑惑，不太确定她的意思。

吉玛的胳膊环抱着身体，她觉得自己在这三人面前就好像没穿衣服。她知道自己不难看，而且有时打扮打扮可以很火辣。但站在佩恩、莱西和希雅身边，她觉得自己笨手笨脚、毫无姿色。

海水从她身上滴下来，流到脚下的木板上，她现在只想找到衣服，赶快穿上。

“我们喜欢晚上到海里游泳，”佩恩说，“觉得非常刺激。”

“真的很棒！”莱西插嘴，听上去有些兴奋过了头。佩恩瞪了莱西一眼，莱西垂下了眼睛。

“嗯……没错。”尽管吉玛持相同看法，却不敢附和。因为她感觉佩恩好像在布什么温柔的陷阱。

“我们很想叫你和我们一起游。”佩恩说，转过头面对吉玛，笑得更灿烂了。

“还是……还是算了。不好意思。”吉玛想不出什么真正的理由拒绝她们，但又绝不可能接受她们的邀请。

“那下午一起游怎么样？”佩恩问，“我们刚才就打算现在跳下去游，对吧？”

“我里面已经穿了比基尼。”莱西边说边指指她贴身的背心裙。

“但我刚刚游完，”吉玛说，“我要穿衣服了。”

她指指自行车，发现正是闪人的机会，于是朝自行车走去。吉玛原本以为已经拒绝了，她们会就此罢休，但显然这只是美好的愿望。佩恩跟着她走下码头。

“我知道你喜欢游泳，如果你加入我们，我真的会很开心。”佩恩说，“如果今天不行，那我们约个时间吧。”

“我说不准。”吉玛慌乱地开着自行车锁，佩恩站在她身后，她的影子把蹲在自行车旁的吉玛笼罩在阴影里。“我经常要训练。”

“你总不会一直在训练吧。”佩恩说，“只用功不玩耍，聪明孩子也变傻。”

“我也玩的。”吉玛反驳。

她终于解开锁，抓起包，站起身来。不过她现在已经根本不想换衣服了，只想背上包，跳上自行车，骑车远离佩恩和她那饥饿的微笑。

“你真的应该和我们一起去游。”佩恩的嗓音依然柔媚，但却明显是在命令吉玛。她深色的眼睛紧紧锁定吉玛，眼神中有某种强烈的情感，让吉玛透不过气来。

她们身后忽然传来“哗啦”的溅水声，暂时让佩恩中断了逼视。但这短暂的一刻已经能够让吉玛喘一口气，移开视线。

丹尼尔站在离她们不远的码头上，海水从他裸露的上身和长款游泳裤上滴落下来。吉玛也是到码头来找爸爸时认识他的，但她并不像哈珀那样讨厌他。

“有问题吗?”丹尼尔问，把水从脸上抹掉。还没等她们回答，他就径直走向包围着吉玛的佩恩、莱西和希雅。

“没有，”莱西明朗地回答，对他微笑，“别管闲事。”

“我怎么觉得不像。”丹尼尔继续向前走，无视莱西。当他走近时，直接用肩膀把莱西从道上挤开，然后低头看着吉玛，“你还好吧。”

“我们说了她没事。”佩恩冷冰冰地说。

“我没问你。”丹尼尔瞪了她一眼，转过头看着吉玛，眼神缓和了许多。吉玛站在那儿，浑身湿漉漉地往下滴水，紧紧地把包抱在胸前。“来吧，你来我船上擦擦身子吧。”

“别管闲事。”莱西重复了一遍。但这一次她的嗓音透露出更多的不解，而非愤怒。似乎她不明白为什么丹尼尔可以无视她。

丹尼尔朝吉玛招招手，让她跟着自己，吉玛急忙向他跑去，她真切地感受到佩恩似乎想把丹尼尔的头扯掉，而且这一点毫不夸张。他俩一从包围圈中脱身，丹尼尔就用手搂住吉玛，不是表达爱意的拥抱，而似乎是想要保护她。

他们走向丹尼尔船的这一段路，吉玛感到佩恩的眼神像火一样烙进自己的后背。莱西在后面叫她的名字，说下次再见，还夸奖她的嗓音像银铃什么的。

吉玛听到莱西的声音后，几乎就想掉转头回去找她们了，但丹尼尔搂住她的臂膀阻止了她。

他俩来到船前，丹尼尔扶吉玛上船。佩恩、莱西和希雅还站在码头上盯着他们，他提议走到船舱里去。吉玛一般不会跟不熟悉、年纪又比她大的男人上船，但看到眼下的情形，她觉得他更可靠。

他的船的确不大，所以生活区域十分拥挤。中间是一张单人床，连着一张小小的桌子，两边有软垫式的凳子。一个小小的厨房，只放了迷你冰箱和微型水池。另一端是卫生间，角落里堆着些杂物。这就是整个空间。

床没有整理，衣服摊得到处都是。水池里有脏盘子，吧台和桌子上立了一些空的汽水罐和啤酒瓶。床头放了一叠书和杂志。

“请坐。”丹尼尔指指床，因为桌旁的凳子上全是衣服和书。

“你可想清楚，”吉玛说，“我身上很湿。”

“没关系，这是艘船，所有东西都是湿的。”他抓起几条毛巾，扔给她一条，“接着。”

“谢谢。”她用毛巾擦干头发，向后坐到床上，“不仅仅谢这个，还要谢谢你……救我，可以这么说。”

“别客气。”丹尼尔耸耸肩，靠在餐桌上。他拿起毛巾擦擦上身，又用手揉了下短发，抓抓松，头发洒出一滴滴水，“我看你刚才吓坏了。”

“我确实吓坏了。”吉玛又有些紧张起来。

“你这么说我也不会笑你。”他身子向后倒，从身后的舷窗向外望，“那些女的让我毛骨悚然。”

“我也这么说！”吉玛大叫，听到有人跟她意见一致十分兴奋，“我姐姐说我太小心眼了。”

“哈珀？”丹尼尔转头看着吉玛，“她喜欢她们？”

“我觉得她不喜欢，”吉玛摇摇头，“她只是觉得我应该尊重每一个人。”

“嗯，这种人生态度不错。”他伸手打开迷你冰箱，“想喝汽水吗？”

“好呀。”

丹尼尔拿出两罐葡萄味的汽水，递给吉玛一罐，自己一罐。他跳上桌子，双腿盘坐着。吉玛把毛巾挂在脖子上，打开汽水。

吉玛环视船舱，看着他简陋的陈设，“你在这儿住了多久了？”

“太久了。”他喝了一大口汽水后说。

“有朝一日我也想住在船上，不过最好是水上住宅船。”

“我绝对会推荐住大点的船，如果你有能力的话。”丹尼尔指指这促狭的空间，“如果风浪较大，待在这里可不太好受。不过我已经住在这儿太久了，怀疑回到陆地还睡不睡得着。我需要海水摇着我入睡。”

“这么睡觉一定很舒服。”她憧憬着笑了，想象着在海湾睡觉，“你一直都这么喜欢海吗？”

“额……我也不知道。”丹尼尔皱起了眉，似乎自己以前也没想过这个，“我猜我一直都喜欢海。”

“你怎么开始住到船上的？”

“不是什么浪漫的理由，”他提醒她，“我祖父去世了，留给我这艘船。我被人从公寓楼里赶了出来，需要一个睡觉的地方，所以就住到现在了。”

“吉玛！”有人在船外喊，丹尼尔和吉玛迷惑地朝对方看看。“吉玛！”

“是你姐姐吗？”丹尼尔问。

“好像是的。”吉玛放下汽水，走出船舱来到甲板上，看看姐姐怎么会来这里。

哈珀站在码头吉玛的自行车旁边，手里拿着自行车锁。她深色的头发梳成了马尾，慌张地四处张望，辫子剧烈地前后甩动。

“吉玛！”哈珀又叫了一声，她颤抖的嗓音显露出她的恐惧。

吉玛来到船头护栏处，低头看向姐姐：“哈珀？”

“吉玛！”哈珀转过身看到她，表情一下子放松下来，但随后看见丹尼尔来到吉玛身后，又惊恐起来，“吉玛！你在干吗?”

“我只是在擦干身子,”吉玛说,“你怎么那么紧张?”

“我来看看你回不回家吃中饭,结果看到码头上你的自行车锁打开着,就好像你在上锁的时候碰到什么事。我到处找不到你,结果竟然在他船上!”哈珀朝丹尼尔的船狠狠地踩了一脚,拳头紧紧抓着自行车锁,“你刚才在干吗?”

“擦身子。”吉玛重复了一遍,开始对姐姐当众大吵大闹有些反感。

“为什么?”哈珀质问,她指着丹尼尔说,“他是个倒霉鬼。”

“谢谢。”丹尼尔讥讽道,哈珀抬头怒视着他。

“好吧,我去取自行车,我们一起回家,你也可以在这里继续发傻。”吉玛说。

“我没有发傻!”哈珀大喊,接着冷静了一下,深吸了一口气,“不过你说得对,我们回家再说。”

“唉。”吉玛叹了口气。她从肩上取下毛巾,递还给丹尼尔,“谢谢。”

“别客气。不好意思了,让你有麻烦。”

“这话应该我来说。”吉玛说,朝他抱歉地微微一笑。

吉玛把双肩包往码头上一扔,从船头栏杆一跃而下。她从哈珀那儿接过车锁,抓起包,走向自行车,打算先换上衣服再骑回家。

“你是个恶心的变态!”哈珀朝丹尼尔咆哮,指着他说,“吉玛还只有十六岁,就算你有什么彼得潘情结,你也已经二十岁了。追她你也太老了。”

“拜托,”丹尼尔翻了下白眼,“她只是个孩子,我没有追她。”

“在我看来可不是这样。”哈珀交叉抱着双臂,“我要

告诉别人你住在这艘破船上，而且对未成年少女图谋不轨。”

“你想怎样就怎样，反正我不是坏人。”他靠在护栏上，朝下看着哈珀，“那些女的在骚扰你妹妹，我只是把她带出来。”

“哪些女的？”哈珀问。

“那些女的。”丹尼尔心不在焉地挥挥手，“带头的好像叫佩恩什么的。”

“那些很漂亮的女生？”哈珀紧张起来。

她并不真正觉得丹尼尔会对吉玛下手，但一提到佩恩，她的胃就开始抽搐。

“是吧。”丹尼尔耸耸肩。

“她们在骚扰吉玛？”她回头看了一眼吉玛，她正把背心套上身，似乎没什么大碍，“怎么骚扰？”

“我也不是很清楚，”他摇摇头，“但是她们把她围起来了，而且她好像很害怕。我只是不太信任她们，想让她们离开吉玛。我让吉玛到我的船上，一直躲到她们离开，过了十分钟你就出现了。这就是整个经过。”

“哦。”哈珀现在为自己刚才冲他大吼感到内疚，但她并不想表现出来，“好吧，谢谢你帮助我的妹妹，但你不应该让她上船。”

“我也没有让女生上船的习惯。”

“很好。”哈珀变换了一下身体重心，想要显得正义凛然，“而且据我所知她已经有交往对象了。”

“哈珀，我已经告诉过你了，我没在追你的妹妹。”丹尼尔呵呵一笑，“不过如果不是我了解你的话，我会觉得你吃醋了。”

“拜托！”哈珀皱起了鼻子，“别恶心了。”

丹尼尔对她的抗议大笑起来，哈珀也不知怎么脸红了。

吉玛骑着自行车飞速地经过他俩，对丹尼尔喊了一声再见。既然妹妹已经走了，哈珀也没什么正当理由继续逗留在码头上，但她踟蹰了一会儿，努力想找几句训斥丹尼尔的话。不过她最终想不出什么，于是转身离开了，但她能够明显感觉到丹尼尔正目送她离开。



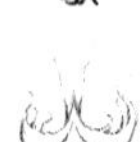

# 第七章
# 野　餐

卡普里镇于1802年6月14日由托马斯·瑟莫波利斯在马里兰州北部建立，所以每年的6月14日，全镇都会举行纪念他的庆祝活动。那天镇上大部分商店都会关门，反正平时只要每逢重大节日商店都会关门。其实当天只不过是一些野餐和嘉年华活动，但全镇人都会出动，不仅有当地人，更有游客。

亚历克斯邀请吉玛同去，她并不太确定这意味着什么。但由于他只邀请了吉玛，没有叫上哈珀，她更倾向于这次邀请别有深意，但她不敢当面问。

开车去的这段路上两个人都很尴尬，甚至尴尬得有些滑稽了。他们几乎没说什么话，只有亚历克斯偶尔结结巴巴地说出几句“希望我们玩得开心”。

他们停好车后，亚历克斯绕过车头来帮吉玛开车门，此时吉玛才真正放松下来。他以前从未为她开过车门，这标志着两人关系肯定今非昔比了。

“建镇日”的野餐活动在镇中心的公园里进行。已经有一些嘉年华的游戏设施搭建起来了，像“旋转椅”和“倒转地球”等。游乐场就搭在公园中心，两旁是一些传统的娱乐项目。野餐桌和野餐毯散落在公园其他区域，其中夹杂着一些食品饮料摊。

“你想玩吗？”亚历克斯和吉玛走过游乐场，他问道。他

指着旁边一个套圈圈的游戏，“我可以帮你赢一条金鱼。”

“这对金鱼可不太公平，”吉玛说，“我已经先后养过十多条金鱼了，可是只要它们到我手里没几天就都死了。”

“好像是的，”亚历克斯坏笑道，“我还记得你让你爸把金鱼的尸体埋在后院里。”

“它们是我的宠物，应该有个体面的葬礼。”

“看来我得离你远点。”亚历克斯谨慎地向后退了一步，跟她保持一段安全距离，“你制造了金鱼大屠杀。我不知道你还敢做什么。”

“讨厌！”吉玛大笑道，“我不是故意杀的！我那时还很小，可能是喂多了鱼食。不过这都是出于我对它们的爱。”

“那更恐怖了，”他取笑道，“你打算用爱心把我也杀了吗？”

“也许。”她朝他眯了眯眼睛，装出邪恶的样子，他被逗得哈哈大笑。

亚历克斯又走近了她，这一次他的手碰到了她的手，吉玛趁机把手指溜进他的手里。他什么也没说，回握了吉玛。吉玛心中升起一股暖流，一阵刺激的兴奋感在体内回绕盘旋。她想努力抑制自己，别因为这小小的碰触而笑得太明显。

“金鱼就算了，”亚历克斯说，“想要泰迪熊吗？毛绒玩具交给你安全吗？”

“应该安全，”她表示许可，“但你没必要帮我赢什么东西。”

“你只想在这里逛一逛？”亚历克斯低头看她。

“对。”她点点头。他露出了微笑。

“好吧。不过如果你想要什么，就跟我说，我一定会帮你。不论你要什么我都会给你。”

吉玛并不想他去赢什么奖品，因为这样他就得放开她的手，停下来去玩游戏。即使一整天跟他这样牵着手闲逛都让吉玛心满意足。吉玛没想到和他在一起什么都不做就能让她如此开心。

他们在游乐场中走了一会儿，遇见了伯尼·麦阿利特。他正站在一个飞镖射气球的游戏前面。尽管天气很热，他还穿着毛衣，灰白的眉毛拧着，正眯眼瞄准气球。

“麦阿利特先生。”他俩走过去，吉玛微笑着停下来，“你怎么回归大陆了？”

“你明明知道，”他轻快地说道，话语中带着一点不易察觉的英国口音，他用塑料飞镖瞄准了气球，“过去 54 年每年建镇日的野餐会我都会来，从这些游戏里赢取便宜货。我不想错过这一次。”

“明白了。”吉玛大笑。

“你呢，费舍尔小姐？”伯尼问道，视线在她和亚历克斯两人身上来回，“你的父亲知道你在和男孩约会吗？”

“是的，他知道。”吉玛向他保证，并捏了捏亚历克斯的手。

“他最好知道。”伯尼严厉地看着他们，亚历克斯垂下眼睛。“我仍然记得你这么大的时候——”他将手举到膝盖处，“——那时你觉得男孩子很讨厌。”他停下来打量她，笑道，“你们这些孩子这么快就长大了。”

“对不起。我不是存心的。”

“人生就是这样。”他摇摇手，没有管她的道歉，“你父亲怎么样？他在这里吗？”

“不，他今天在家。”吉玛的笑容退去。自从她妈妈发生车祸以后，她父亲已经很少出来参加今天这样的活动了，“不过，他过得很好。”

“那就好。你父亲是一个好人，一个真的很努力工作的人，”伯尼点点头，“我已经很久没有见过他了。”

“我会向他转告你的话，”吉玛说，“也许他会出海到岛上拜访你。”

“那就太好了。”伯尼盯着她的双眼笑着，他蒙眬的眼睛带着白内障，有点悲伤。他摇了摇头，转回到游戏上，“无论如何，我应该让你们回到你们的乐子上去。”

“好吧，祝你游戏好运，”吉玛说道，她和亚历克斯准备走开，“见到你很高兴。”

当他们走远，伯尼已经听不到他们说话的时候，亚历克斯问吉玛：“那是‘伯尼岛’的伯尼，对吗？”

“当然是。”

伯尼住在离花岛湾几英里远的一个小岛上。岛上唯一的东西是木屋和船屋，这是伯尼大约五十年前为自己和妻子建造的。他的妻子在此之后不久就去世了，但伯尼还是继续住在岛上。

因为伯尼是唯一住在岛上的人，卡普里镇的人们渐渐将这个岛叫作“伯尼岛”。这不是官方名称，但是人人都这么叫它。

吉玛的母亲发生车祸后，她的爸爸度过了一段艰难的时光。他常常带吉玛和哈珀出海到伯尼岛，伯尼会照看她们，而她爸爸则会离开，独自一人处理事情。

伯尼一直对她们很和善，不是那种古怪的老男人的方式。他很风趣，而且允许两个女孩在岛上自由活动。就是那时候吉玛开始变得真正热爱游泳。在夏日漫长的午后，她会待在花岛湾，绕着小岛游泳。

事实上，如果没有伯尼和他的小岛，她可能不会变成今天这样出色的游泳者。

“亚历克斯和你妹妹怎么回事？”玛莎问道，哈珀抬起头，看见吉玛和亚历克斯牵着手穿过游乐场。

“我不知道。”哈珀耸耸肩。

她和玛莎正在野餐桌旁玩丢沙包游戏，知道玛莎心不在焉。

“你不知道？”玛莎回头看着哈珀。

“不知道，吉玛不肯细说。”哈珀将沙包扔向目标，准备继续游戏，“我知道他们几天前接吻了，爸爸看见了，但是当我问吉玛的时候，她不愿告诉我任何事情。我觉得他们可能在约会。”

“你妹妹正在和你最好的朋友约会，而你竟然不知道发生了什么事情？”玛莎问道。

“吉玛从来不愿告诉我她男朋友的事情。”哈珀叹了口气。吉玛以前一共交往过两个男朋友，但是她对她的那些恋情总是守口如瓶。“我也没有真正问过亚历克斯这件事。我觉得提出来有点奇怪。”

“因为你对他有意思。”玛莎说。

“我已经说了千百遍了，我不喜欢亚历克斯。”哈珀翻翻白眼，“另外，轮到你了。”

“不要转换话题。”

“我没有。”哈珀坐到身后的野餐桌上，从她们开始讨论起，玛莎显然不准备继续玩游戏了。“我对亚历克斯的感情完全是纯粹的友谊。他是一个宅男，又笨拙，仅仅是一个朋友。”

“男孩和女孩不可能是朋友，”玛莎坚持，“你真的需要看看《当哈利碰上莎莉》。”

“哥哥和妹妹就能是朋友，亚历克斯就像我的一个哥哥，”哈珀解释道，“这是我觉得这件事奇怪的唯一原因。因为一个感觉像是我哥哥的男孩正在与我的亲妹妹约会。”

“真恶心。”

“谢谢。现在我们能继续玩游戏了吗?”哈珀问道。

“不，这个游戏太无聊了，我都快饿死了。”玛莎手里拿着一个沙包，她将它随手扔到一边，“我们去吃点乳酪吧。”

“刚才想玩这个游戏的人是你。”哈珀从野餐桌上站起来说道。

“我知道。但是我没有想到这么无聊。”

玛莎穿过公园，推开挡路的人们。哈珀不慌不忙地跟在她后面，扭过身子向后望去，看是否能够瞥见吉玛和亚历克斯在一起。

原本，吉玛打算跟玛莎和哈珀一起去野餐，但是今天早上，亚历克斯打电话来邀请她与他一起去。那时候哈珀试图与吉玛谈谈亚历克斯的事，但是吉玛不愿意跟她细说。

哈珀忙着搜寻他们，没有注意自己走到了哪里，突然与一个人撞了个正着，还打翻了他手上的冰激凌，弄脏了他的衬衫。

“哦！上帝，非常对不起。”哈珀赶紧说，试着擦掉他 T 恤上的巧克力冰激凌。

“你是真的讨厌我，是不是?”丹尼尔问道，哈珀懊丧地意识到，被自己弄了一身冰激凌的人竟然是他。“我想说的是，毁掉别人的冰激凌甜筒？太歹毒了。”

她双颊绯红抱歉地说：“我没有看见你。真的。”她更慌乱地擦着他的 T 恤，仿佛她擦得够卖力的话，冰激凌就不会在衣服上留下污渍。

“哦，现在我知道你的计划了，比我想的狡猾得多，”丹尼尔坏笑，“你是要找借口摸我。”

“我不是!”哈珀立刻停止接触他，并后退一步。

“很好。但是你需要先请我吃午餐。”

“我只是……”她指了指他的衣服，叹了口气，“很抱歉。”

“我身上都是巧克力。你何不在我们去拿些餐巾纸的时候道歉呢?”丹尼尔建议。

哈珀陪他一起走到一个摊子前，他抓起一沓餐巾纸。她从手中拿过一些，走向自动饮水器，丹尼尔跟着她。

“对不起，”哈珀重复道。她将餐巾纸在饮水机下面打湿，他则擦着自己的上衣。

“我不是真的要你不停道歉。我知道这是一个意外。”

“我知道，但是……”她摇了摇头，“前几天你帮忙找到了我妹妹，我都还没有好好谢谢你，现在又用你自己的冰激凌攻击了你。”

“这是真的。你真是一个威胁，必须阻止。”

“我知道你在开玩笑，但是我感觉很糟糕。”

“不，我非常认真。我要报告你的可恶行为。”丹尼尔一脸严肃地说，与她昨天对他说的话相同。

“现在你让我感觉更糟糕了。”哈珀低头看着她的鞋子，将手里的湿餐巾纸揉成一团。

“这是我的诡计，”丹尼尔说，“我喜欢让漂亮的女孩内疚，然后答应跟我约会。”

“真有经验。”哈珀眯着眼打量他，不知道他是不是在开玩笑。

“女士们也是这样对我说的。”他朝着她咧嘴一笑，淡褐色的双眼闪闪发亮。

“我相信她们会。”她怀疑地说道。

“你确实欠我一个冰激凌，你知道。”

“哦，是的，当然。”她掏着口袋，想找些钱出来，“多

少钱？我可以赔偿你现金。”

“不，不。”他摆摆手，当她掏出一些皱巴巴的钞票时，他阻止了她，“我不想要你的钱。我想要你跟我一起吃冰激凌。”

“我，呃……”哈珀磕磕巴巴地想找个借口不去。

“我知道怎么回事了。”他的眼睛闪过些许受伤，但是他很快垂下了眼睛，她都来不及确认。他的笑容消失不见了，将双手插到口袋里。

“不，不，并不是我不想去。”哈珀迅速说道，她惊讶地发现自己真的是这样想的。

他对她的言语攻击宽容以待，还帮助她找到妹妹，一来二去，哈珀开始越来越喜欢丹尼尔。这正是为什么她不能接受他的提议的原因。

虽然他很有魅力，但是他仍然住在船上，而且下巴胡子拉碴的，仿佛好几天没有刮了。他不成熟，可能很懒惰，最重要的是，她几个月后就要离开这里去上学了。她不需要与一个在船上生活的懒鬼混在一起，就因为他那点蹩脚的风趣、聪明。

“我的朋友在等我，在某个地方。”哈珀继续解释道，含混地指向人群，玛莎可能正在里面的某个地方吃乳酪，“当我撞到你的时候，我正跟着她。她甚至不知道我在哪里。所以……我应该去找她。”

“我明白。”丹尼尔点点头，他又微笑起来，“那么我要收一个欠条了。”

“欠条？”她扬起眉头，“冰激凌欠条？”

“或者任何同等价值的一顿饭。”他眯起眼睛，思考着会是什么，“也许一杯水果奶昔，或者一大杯咖啡，但不是那种有薯条和沙拉的正餐。”他想到某种东西，打了一下响指，

“汤！一碗汤也可以。”

“所以我欠你一顿吃的，价值与冰激凌相同？”哈珀问道。

“是的。可以在你方便的时候尽早补偿，”丹尼尔说道，“可以是明天或者后天甚至是下周。看你什么时候方便。”

“可以。这听起来像……一笔交易。”

“很好，”她准备走开的时候，他说道，“我会等着你兑现的。你知道这点的，对吧？”

“是的，我知道。”哈珀说道。事实上她有点希望他会等。

她穿行在野餐场地，没有多久就找到了玛莎。她和吉玛及亚历克斯一起坐在野餐桌旁，要是亚历克斯的朋友卢克·本菲尔德没有加入他们就好了。

当哈珀看见卢克的时候，她放慢了脚步。不仅仅因为他俩之间感觉怪怪的，还因为每当他和亚历克斯凑到一起，他们总是开启技术宅模式，只用技术术语交谈，哈珀一点也不懂。

“你准备什么时候赢一个礼品给吉玛？”当哈珀到达野餐桌的时候，玛莎正在问亚历克斯。

“呃……”亚历克斯听到这个问题的时候，脸色阴沉下来，局促不安地搓着双手。

“我告诉他不要帮我赢奖品，”吉玛插话道，将他从尴尬中拯救出来，“我是一个现代女性。我可以为自己赢奖品。”

“你可能机会还更大一点，因为你是运动员，”玛莎说道，将一块乳酪塞进嘴里，“亚历克斯看上去让人觉得他扔套环的时候会像一个女孩。”

卢克咯咯笑起来，好像他自己会比亚历克斯扔得好一样。他转动着戴在手上的巨大的绿灯侠戒指，笑得太厉害，

鼻子里呼哧呼哧。

“你还好意思说别人，玛莎。”哈珀说着坐到椅子上，挨着玛莎，对面是卢克，“我见过你丢沙包。亚历克斯可能会将你打得落花流水。”

吉玛感激地冲她微笑，谢谢她帮亚历克斯解围。哈珀注意到她把手放在他的腿上，安慰地捏了捏。

“对了，你刚才去哪里了？”玛莎抬头看着哈珀，没有理她说的话，“你就那样不见了。”

“我碰见了认识的人。”哈珀回避了这个问题，将注意力转向吉玛和亚历克斯，“野餐活动怎么样？”

“很好，”卢克说，“除了我应该擦更多防晒霜。”他苍白的皮肤和一头红色的鬈发都似乎反射着阳光，“我不习惯这么强的阳光。”

“你住在地牢里吗，卢克？”玛莎问道，“你看你瘦得皮包骨似的，脸色也很苍白，仿佛你的父母将你一直锁在地下室。”

“不。”卢克沉下脸，指着她衣服上的加拿大国旗，“我本来以为加拿大人应该是很友善的。”

“我不是加拿大人，”玛莎纠正他，“我穿这件衣服只是想表达我的国际主义。”

“你真是个迷人的女孩，你知道的吧，玛莎？”亚历克斯问道。

“我尽我所能。”玛莎耸耸肩。

公园里挤满了人，几乎镇上所有人都在这里，说话声、音乐声，一片嘈杂。但是突然之间，野餐桌四周的区域好像变得安静下来，似乎每个人都在窃窃私语。

哈珀环顾四周，想知道发生了什么事情。当她看到佩恩后，立马就知道了人们安静下来的原因。人群分开了，给佩恩、莱西和希雅让出了一条路，她们正径直走向哈珀和吉玛。

佩恩穿着一件超低胸的衣服，胸部仿佛要蹦出来一样。她停在野餐桌一端，低头微笑着看着他们。

“你们好吗？”佩恩问道，打量着餐桌。

“很好，”卢克急切地说道，没有注意到他们周围的紧张气氛，“我，嗯，我玩得很开心。你们看起来美极了。我的意思是，你们看起来似乎玩得开心极了。”

“哎呀，谢谢你。”佩恩向下看着他，饥渴地舔舔嘴唇，微笑着。

“你看起来也不错。”莱西插话道。

她伸出手，拉起他的一绺鬈发，像拉弹簧一样拉着它，再让它弹回去。卢克垂下眼睛，咯咯傻笑着，像中学女生一样。

“你有什么事吗？”吉玛问道。

哈珀注意到当佩恩黑色的眼睛锁定吉玛的眼睛时，她的妹妹将下巴抬得更高，仿佛在以某种方式反抗她。随后哈珀看见的情景让她毛骨悚然——佩恩的眼睛变了，从黑色变成了古怪的金色，让哈珀想起鸟类。

她古怪的鸟一样的眼睛一直盯着吉玛，但是吉玛的表情没有变化，仿佛她没有注意到佩恩眼睛的惊人转变。

一瞬间，佩恩的双眼又重新恢复到正常的呆板的颜色，就像变色时一样突然。哈珀眨眨眼睛，环顾四周，但是其他人好像都没有注意到它们的改变。他们只是注视着佩恩，仿佛被催眠了一样，哈珀都开始怀疑刚才的一切是不是只是她的幻想。

“没什么。”佩恩抬起一边肩膀，性感地耸耸肩，“我只是想过来打声招呼。我们在这个镇上认识的人还不多，我们一直期待着结交新朋友。”

不过，希雅看起来好像并不想交新朋友。她站到一边，离佩恩和莱西远一点。她将红色的长头发绕到手指上把玩，不看餐桌旁的任何人。

“你已经有朋友了。”哈珀对佩恩说道，朝莱西和希雅点点头。

“但是你有更多朋友，不是吗？”佩恩问道，莱西朝卢克眨眨眼，让他又咯咯笑起来，“我们肯定可以拥有吉玛这样的朋友。”

哈珀想要问佩恩这样说到底是什么意思，想知道她们究竟要她的妹妹干什么，但是玛莎打断了她。

“等等，”玛莎满嘴乳酪插嘴道，“你们以前不是一直有四个人的吗？”她咽下食物，向上注视着她们，“你们把她怎么了？你们吃了她？然后将她扔了，因为显然，你们食欲过盛。”

佩恩凶狠地瞪了她一眼，玛莎不由得缩了一下。她垂下眼睛，将乳酪拉近一点，仿佛觉得佩恩可能会从她手中夺走它们。

“你们玩了那些游乐项目吗？”哈珀问道，试图阻止佩恩继续用眼神屠戮玛莎。看到佩恩的这种眼神后，哈珀觉得最好说一些平淡的话题，而不是说些为何对她妹妹感兴趣之类的话来挑战佩恩。

佩恩冰冷的表情立刻消失不见，她甜蜜的微笑又回到脸上。哈珀注意到佩恩的牙齿异常尖利。事实上，如果哈珀不太了解，她会说她的门牙一下子长长了，变得比几秒钟前更尖利。

“不，我们刚到这里，”佩恩用她温柔的娃娃音解释道，“我们还没有机会体验任何项目。”

当她说话时，消除了一些紧张的气息。玛莎似乎也跟着放松了一点，竟然重新鼓足勇气抬头看着佩恩。

“我真的很想赢一个泰迪熊。”莱西说，她说话的嗓音像唱歌一般动听。

亚历克斯和卢克抬头看着她，卢克大张着嘴巴，惊呆了一般。哈珀双臂撑在面前的桌子上，身体前倾。

她无法解释，但是她发现自己专心聆听着她的一字一句，仿佛莱西正说着她听过的最迷人的事情。就连周围的人群似乎也向他们靠过来，团团围住他们，想离莱西更近一点。

“你认为如何？”莱西偏着头，低头看着卢克，“你能帮我赢一个泰迪熊吗？”

“耶！”卢克激动地喊起来，迅速站起身，几乎绊倒在椅子上，“我是说，可以。我很乐意为你赢一个熊。”

“耶！”莱西笑起来，挽起他的胳膊。

当莱西和卢克穿过人群走向游乐场的时候，人群再次为他们让路。希雅跟着他们，但是佩恩留下来，微笑地看着桌子。亚历克斯盯着莱西，目光追随着她，直到她消失在人群中，如果吉玛没有忙着干同样的事情，她可能会注意到亚历克斯。

“那么，我就不打扰你们享受下午的剩余时光了，”佩恩说道。她是说给餐桌旁每个人听的，但是她只看着吉玛，“回头见。”

“玩得开心。”亚历克斯喃喃道，有点茫然。佩恩大笑，然后转身走开。

“真奇怪。”佩恩离开后，哈珀立刻说道。

她摇了摇头，想要摆脱这种莫名的迷惘。她感觉自己刚才仿佛在做梦，好像佩恩从来没有真正出现过。

“我真的觉得她们杀了她。”玛莎眯起眼睛，对自己点点头，“我就是不相信那些女孩。”

## 第八章

# 海　湾

太阳刚落山，吉玛就跳上自行车，骑往花岛湾。距离上次她与利维教练一起在泳池训练已经过了三天了，这让她更急切地渴望到外面游泳。过去几天她都像哈珀希望的那样，避免深夜外出，所以吉玛觉得这次夜泳是她应得的。

虽然野餐那天，她和亚历克斯一起度过了美妙的一天，但她还是迫不及待地想游泳。事实上，那天不只是美妙，它甚至可以说是……神奇的。

他们下午的一部分时间与哈珀和玛莎待在一起，相处得出乎意料地好。吉玛本来不确定哈珀对她与亚历克斯约会会有什么反应，但是显然，哈珀基本上没有意见。

后来，亚历克斯和吉玛与哈珀她们分开，又变成了两人相处，这更加美妙。他做的一些小事都让她的心怦怦直跳。他磕磕巴巴地说话，试着给她留下好印象，他向着她微笑，她以前从来没有见他这样笑过。

吉玛以为自己已经认识他够久了，知道他所有的微笑，但是却不包括这种。这种笑意不明显，几乎透着一股傻气，但是却直达她眼底。

亚历克斯晚上八点将她送到了家，陪她一起走到门口。她知道哈珀和父亲在屋里，亚历克斯也知道，她本以为亚历克斯不会吻她。但是他吻了。时间不是太长，吻得也不是太深，但是却更美好。他吻她的方式几乎透着尊重和小心翼翼。

吉玛在亚历克斯之前只吻过两个男孩，其中一个吻发生在一年级，玩“真心话大冒险”游戏时。她唯一真正的吻献给了交往三周的前男友，他吻得很粗暴，她觉得自己的脸上都有瘀伤了。

亚历克斯的吻则相反。它们是甜蜜的、完美的，每当她想起，就兴奋不已。

她不知道为什么以前没有注意到亚历克斯如此迷人。如果她更早意识到这点，他们说不定早就已经在一起好几个月了，她本可以早一点偷取他美妙的吻。

到了海湾，她沿着码头骑车，像她往常所做的一样，因为这是停放自行车的最佳地点。当她经过丹尼尔的小船“脏鸥号”时，她听到齐柏林飞艇的唱片在大声播放。

如果环境是安静的，她也许会走进去，再次感谢那天的帮忙，但此刻她不想打扰到他。

哈珀对丹尼尔吼叫的时候她觉得很难过，她还是不懂为什么姐姐要针对丹尼尔。当然，丹尼尔看上去似乎是个懒鬼。难道仅仅因为他的生活一团糟，就意味着他不是一个真正的好人吗。

每次吉玛给父亲送午餐路过时，丹尼尔都会同她打招呼，有一次，他还帮她将自行车脱落的链条装了回去。

到了码头尽头，吉玛锁好自行车，脱掉外衣，只剩下泳衣。她跳进水里，向着花岛湾远处游去。

此刻的夜晚，在海滩上和小船里消遣的人比以往更多，先前庆祝活动的余韵还残留着。她必须游得更远，到更靠近海洋入口处的小海湾去，才能远离人群。

从某种意义上来说，这样更好。好几天没有进行严肃的训练，她需要更远距离的游泳来弥补。

她向远处游去，直到听不见海滩上人们的说话声，她翻过身体，漂浮在水上，随着轻柔的波浪摇晃。吉玛仰望夜空，惊叹于它的美丽。她完全理解了为何亚历克斯那么喜欢星星。

哈珀不像吉玛这样喜欢游泳，吉玛甚至有点怀疑再没有其他人像自己这样喜欢游泳的了。哈珀和吉玛一起游过几次，当吉玛这样浮在水上时，她总是被吓到。哈珀深信潮汐会将吉玛带走，吉玛将永远消失在大海里。

吉玛从来不认为会发生这种事，但是即使可能发生，她也不觉得害怕。事实上，被大海带走是她的梦想之一，而不是恐惧。

“吉玛。”她的名字飘浮在空气中，像一首歌。

起初，她以为自己幻听了。可能是海滩上人们的说话声与海浪的拍打声混在一起发出的声音。但是不久她又听到了，这次更加响亮。

“吉玛。”有人吟唱着她的名字。

吉玛一边踩水，一边环顾四周，寻找声音的源头。她很快就发现了。吉玛刚才一直让水流带着她前行，没有意识到现在距离小海湾多近。小海湾离她只有 20 英尺，中间燃烧的篝火将整个海湾照得通明。

即使她游泳时没有留心太多，她也肯定这篝火几分钟前还没有点亮。而佩恩、莱西和希雅也绝不在那里。

吉玛这两天总是看见她们，要是提前知道她们会在这里，她肯定不会冒着撞见她们的风险，而游得这么远。

希雅蹲在篝火旁边，身后的影子若隐若现。佩恩旋转着，缓慢地、优雅地绕着圈，随着音乐舞动，不过音乐只有她自己能听到。莱西站在海岸边缘，靠近海面，海水溅起时落到她的脚上。

喊她名字的是莱西，但她不仅仅是说出名字而已。她吟唱着吉玛的名字，这样的歌声，吉玛以前从未在别人那听过，美妙而充满魔力，像亚历克斯的吻一样，甚至更美妙。

“吉玛，”莱西又吟唱着，“来吧，疲倦的旅行者，我将引导你穿过波浪，不要担心，可怜的旅行者，我的歌声将为你指明方向。”

吉玛呆立在水中，完全沉醉在莱西的歌声里。似乎莱西给她施了魔法，这些女孩带给吉玛的所有不安都烟消云散了。她只能感觉到莱西歌声中的美妙和温暖，歌声清脆、嘹亮地在她耳边萦绕。

“吉玛。”佩恩叫着她。她性感的嗓音一点也不像莱西的声音那么甜美，但是却同样透着一股诱惑。她停止舞动，站到莱西旁边对吉玛说：“你为何不加入我们呢？我们在这里玩得可开心了。你会喜欢的。”

“好。”吉玛听到自己说。

在她心底深处的某个地方，警钟再次响起来，但是当莱西重新开始唱歌时，恐惧被忘得一干二净。加入她们甚至都不像是需要考虑的事情。她的身体走向她们，似乎是自发的。

吉玛到达海滩时，莱西伸出手帮她上到岸上，进入了海湾。进入洞穴的唯一通道是通过花岛湾。洞穴与陆地之间没有任何连接处或空地，但是不知为何，三个女孩身上是完全干爽的。

“给。”佩恩跳舞时围着一条披巾，是某种薄纱般的金色物质制成的，她将披巾包裹到吉玛肩上，“给你保暖。”

“我不冷。”吉玛说，她是真的不冷。这是一个暖和的晚上，而且洞穴内的篝火让人更加暖和。

“不过围上它会感觉更舒服，不是吗？”莱西说道。她的声音轻柔地在吉玛耳边响起。

莱西搂住她，这种触感让吉玛后脖颈上的毛发竖立起来。出于本能，吉玛从她的搂抱中脱离出来，然后莱西又开始唱歌，吉玛瘫软在她的怀抱里。

“快来加入我们。”佩恩注视着吉玛，向后退去，朝着篝火的方向。

“你们在聚会吗？”吉玛问道。

吉玛没有动，莱西牵起她的手，将她拉向篝火。她把吉玛带到一块巨大的岩石旁边，紧挨着希雅，轻轻推了推她，让她坐下。希雅抬起头注视着她，她眼中映照的火焰炽烈得似乎是直接从眼中发出的。

“我们在庆祝。”莱西笑着跪到吉玛身边。

“你们在庆祝什么。”吉玛问，望向佩恩。她站在篝火的另一边，吉玛的对面，正向她微笑。

“盛宴。”佩恩回答，莱西和希雅都大笑起来，她们的笑声让吉玛想到了乌鸦的咯咯叫。

“盛宴？”吉玛环顾了洞穴四周，没有看到任何食物的影子，“食物呢？”

“不用担心。”莱西告诉她。

“待会你将有足够的时间吃东西。”希雅带着狡诈的笑容说。

这是吉玛听到希雅说话最多的一次，她意识到希雅的声音有点不对劲。希雅的声音有点粗粝，像凯瑟琳·特纳沙哑的耳语。它不是不具吸引力，但是总感觉不对劲。

它的音调与莱西和佩恩的正好相反。如果莱西和佩恩像蜂蜜一样甜美，希雅则像锯齿状的牙齿一样，多刺而有点可怕。

“我不饿。”吉玛说，女孩们听到后又爆发出一阵大笑。

"你是一个真正美丽的女孩。"莱西停止大笑，然后倾身向前，靠吉玛更近。莱西将手放在吉玛的腿上，注视着她，"你知道的，对吧？"

"我猜是的。"吉玛将披巾裹得更紧了，有它遮盖，她觉得安心。她不知道对莱西的赞美如何反应，但是这种赞美让她感到既开心，又困惑。

"你是小池塘里的大鱼，不是吗？"佩恩在篝火另一侧踱步，眼睛一直盯着吉玛。

"什么意思？"吉玛问。

"你漂亮、聪明、野心勃勃、无所畏惧，"佩恩解释道，"而这儿只是一个海滨旅游地。要不是每年夏天，喧嚣的游客会到这里来肆虐一番，它只是一个会枯竭的小镇。"

"淡季的时候这里也很好。"吉玛对卡普里镇的辩护连自己听起来都没有说服力。

"我怀疑这点，"佩恩嗤笑道，"但是即使如此，你也远远不是这个海湾所能比拟的。我见过你在水中游泳。你游泳时，充满力量、魅力和坚定的决心。"

"谢谢，"吉玛说，"我进行了大量训练。我希望参加奥林匹克运动会。"

"奥林匹克与你能做的事情比起来什么也不是，"佩恩嘲笑道，"你有一种天生的、别人几乎无法获得的天赋。相信我，我知道。我们做过调查。"

这让吉玛感到诡异，甚至惊恐。为了让她冷静，莱西又开始歌唱。这次只是哼唱，却足以让吉玛仍然坐在岩石上挪不开步子。不过，她的担心依然存在，即使她没有逃跑。

"你们为什么邀请我过来？"吉玛问，"前几天你们为什么那么想让我和你们一起游泳？"

"我刚才告诉过你，"佩恩说，"你是罕见的、特别的。"

“但是……”吉玛皱起眉头，感觉有什么信息遗漏了，让她抓不到重点，“你们比我漂亮得多。不管你说我是怎样的，你们比我好得多。你们需要我干什么呢？”

“别傻了。”佩恩挥挥手，“别担心任何事情。”

“别担心任何事情。”莱西重复道。她刚说完，吉玛就觉得自己的担忧都消散了，好像她从来没有忧虑过一样。

“我们希望你到这里来，并且玩得开心。”佩恩对着吉玛微笑，“我们希望互相了解。”

“你们想了解什么？”吉玛问。

“一切！”佩恩张开双臂，“告诉我们一切！”

“一切？”吉玛低头，不确定地看向莱西。

“是的，像你对那个约会的笨蛋所做的那样。”希雅在她身边说道，吉玛猛地转身看向她。“他远远配不上你。”

“笨蛋？”当她意识到希雅指的是亚历克斯时，吉玛愤怒起来，“亚历克斯是一个很不错的人。他贴心、风趣，对我很好。”

“当你像我们一样时，所有男人都会对你好的，”希雅凝视着吉玛反驳道，“你知道那并不算什么。男人都是肤浅的，如此而已。”

“你不认识亚历克斯，”吉玛摇着头，“他是我认识的最真诚的人。”

“我们何不改天再谈论男孩？”佩恩插话道，“这个话题太复杂了，不适合今晚。莱西，来点什么让我们放松心情吧？”

“哦，对。”莱西把手伸到衣服前面，掏出一个铜质酒瓶，“让我们喝一杯。”

“对不起，我不喝酒。”吉玛摇了摇头。

“佩恩告诉我你什么都不怕，”希雅说，故意激她，“可是现在你怕一点酒?”

“我才不怕,”吉玛厉声反驳,“但要是我被抓到喝酒,我会被踢出游泳队。我付出了很多努力,不想前功尽弃。”

“你不会被抓到的。”佩恩向她保证。

“你们随意,喝吧,”吉玛说,“它本来就是为你们准备的。”

“吉玛,”莱西说,她的声音又变成了歌声。她递出酒瓶,但是吉玛犹豫着是否接过去,“喝吧。”

吉玛别无选择了。她甚至想不起还有其他的选择。她的身体自然地移动起来,从莱西手里接过酒瓶,打开瓶盖,放到嘴唇上。这一切的发生就像她呼吸一样。她的举动不由自主,没有道理,不受控制。

酒很浓烈,尝起来又苦又咸。顺着喉咙下去时火烧一般,几乎和她上次吃了太多芥末一样糟糕。当她咽下时,几乎被噎得作呕。酒太烈太呛,很难咽下,但是她勉强吞了进去。

“太恐怖了!”吉玛咳嗽着,擦了一下嘴角,“这是什么?”

“我特制的鸡尾酒。”佩恩笑着说道。

吉玛将酒瓶拿远,不想这个东西靠近她。希雅夺过吉玛手中的酒瓶,快速走开,好像吉玛会试图阻止她似的。她仰起头,咕噜咕噜几大口灌下去。看着希雅这样喝酒,吉玛这次真的吐了。

佩恩尖叫一声,跑到希雅身边,扇了她一巴掌,将酒瓶扇飞。深红色的液体溅满了洞穴的墙壁,但是佩恩似乎并不关心浪费。

“这不是给你的!你应该更清楚!”

“我需要它!”希雅咆哮道。

她擦了擦嘴巴，舔了舔手，不愿放过能到手的任何一滴。有那么一会儿，吉玛害怕希雅会爬过来，舔舐尘土上的液体。

“那是什么?”吉玛问道，她的话音已经开始含糊不清。

洞穴突然间向一边倾斜，吉玛抓住莱西，防止跌倒。她周围的一切都摇晃起来。她听见佩恩在说话，但是她的声音听起来像从水底发出的一样。

“那不是……”吉玛挣扎着说话，“你们干了什么?”

“你会没事的。”莱西说。她试着搂住吉玛，可能原本是想安慰她，但是吉玛推开她。

吉玛站起来，差点一脚踩进前面的篝火里，佩恩抓住了她。吉玛试着摔开她，可是已经没有力气了。她全身无力，甚至无法睁开眼睛。周围的世界陷入一片黑暗。

“你以后会感谢我这样做的。”佩恩在她耳边说着，这是她听到的最后一句话。

# 第九章

# 失　踪

“你妹妹在哪里?”布莱恩突然打开哈珀卧室的房门，门把手“砰”的一声撞到灰泥墙上。

“什么?”哈珀揉着眼睛，在床上翻了个身，面向父亲，“你在说什么？现在几点?”

“我刚起床，准备上班，可是吉玛不在。”

“你查看她的房间了吗?”哈珀问道，慢慢警觉起来。

“没有，哈珀，我以为要先上你房间看看。”布莱恩说道。

“对不起，爸爸，我刚睡醒。”她坐起来，双脚在床的边缘晃动，“她昨晚出去游泳了。她很可能只是忘了时间。”

“游到早上五点?”布莱恩问，声音里透着明显的担忧。

哈珀知道他曾有过一次这样的经历。当时她和母亲发生了车祸，急救人员抢时间在晚上快速离开，而布莱恩一点消息也没有收到，直到第二天早上医院打电话通知她妻子昏迷了。

“她没事的，”哈珀很快说道，希望缓解爸爸的担忧，“我肯定她只是被其他事绊住了。你了解吉玛。”

“是的，我了解，这就是我为什么担心。”

“不要担心。吉玛没事。”因为刚睡醒，哈珀头发蓬乱，她用手扒了扒，试着安抚布莱恩，“我相信她要么与亚历克斯在一起，要么是在海滩上打盹，要么是别的什么事。”

"你觉得告诉我她与亚历克斯外出了会令我感觉好一点吗?"布莱恩问道，但是事实上他看起来确实冷静了一点。比起受到伤害或者死亡，与男孩一起外出是个好得多的选择。

"她没事的，"哈珀重复道，"准备好去工作吧。我去找她。"

"哈珀，我女儿失踪了，我没法去工作。"布莱恩摇着头。

"她没有失踪，"哈珀坚持，"她只是在外面待得太晚了。不是什么大事。"

"我要开车四处找找她。"布莱恩说道，准备离开她的房间。

"爸爸，你不能旷工。2 月份你划开手臂的时候已经旷工太久了。你不能失去你的工作。"

"但是……"布莱恩声音软了下来，他知道哈珀说的是对的。

"我肯定吉玛没事，"哈珀说，"她可能马上就到家了。你去工作。让我来找她，如果我两个小时内没有找到她，我再找你。好吗?"

他站在哈珀门口犹豫不决，看上去苍白、憔悴。布莱恩显然想去追寻女儿的下落，但是他知道哈珀说得对。他不能冒着丢掉饭碗的风险，丧失养家糊口的能力，仅仅因为吉玛在外面待得太晚。

"好吧。"他抿紧嘴唇，"看看你能不能找到她。但是如果七点之前你还没有听说她的消息，一定来找我。知道吗?"

"好，当然。"哈珀点头，"我一找到她就给你电话。"

他刚转身离开她的房间，哈珀就放任自己的恐慌蔓延开来。她不想让布莱恩过度地担心，但这并不意味着她自己不害怕。过了宵禁还不回家不像吉玛的作风。吉玛喜欢挑战规则，但是很少打破规则。

哈珀走到窗前，拉开窗帘，望向亚历克斯的房子。他的车停在车道上，这表示他没有同吉玛外出。哈珀抓过床头柜上的手机，还是拨通了他的电话。

“喂？”铃声响过五声后亚历克斯怔怔地回答。

“吉玛和你在一起吗？”哈珀脱口而出，一边在卧室走来走去。

“什么？”亚历克斯问，他的声音突然变得清晰起来，“哈珀？发生什么事了？”

“没事。”她深吸了一口气，话语里隐藏了急切。她不需要也吓着他，“我只是想知道吉玛是否和你在一起。”

“没有。”亚历克斯说。从她卧室的窗户望过去，哈珀看到对面他房间里的灯亮了。“昨晚我将她送到你家后，就没有看到她或和她说过话。她没事吧？”

她把电话从嘴边拿开，暗暗自责。亚历克斯绝不会让吉玛整晚不回家，她本来应该知道的。

如果吉玛与亚历克斯在一起，他肯定会坚持让她准时回家。不仅因为这样做是正确的，他也害怕这样会引起哈珀和布莱恩的愤怒。

“是的，不，我是说，我肯定她没事，”哈珀快速回答道，“但是我必须挂了，好吗，亚历克斯？”

“什么？不，不好。吉玛在哪里？”

“我不知道。我要挂了。我要去找她。我是说，我知道她没事，但是我必须找到她。”

“我跟你一起去，”亚历克斯提出，“我先穿上裤子，与你们在外面见。”

“不，不要。”她摇着头，虽然他看不见，“你留在这里，

她可能回来。你可以留意这所房子。”

“你确定？”

“是的，我确定，”哈珀叹气，“留意她，如果她联系你，让我知道，好吗？”

“好，我可以做到。只是你找到她后，立刻让她给我打电话。”

“我会的。”

哈珀挂断电话，没有等他再说什么。她的心一阵绞痛。她知道她必须到哪里寻找，吉玛晚上去了花岛港，独自一人，却没有回来。

哈珀仍然穿着睡衣，匆忙穿上人字拖，跑下楼梯。她跑得很快，希望自己不去想那些可能发生在吉玛身上的恐怖的事情。溺水、绑架、谋杀……该死，甚至鲨鱼攻击都是可能的。

“你找到她了吗？”布莱恩从浴室喊着。他听到了哈珀正飞奔下楼。

“还没有！”哈珀朝楼上大喊着回答他，从门边的搁物架上一把抓过车钥匙，“我现在要出去了。我稍后给你打电话！”她跑向她的小车，不再跟爸爸说话。

当她飞快穿过小镇时，哈珀尽量四处张望。吉玛很可能在去往花岛湾的路上受伤，也可能是在返回的路上。但是不知何故，哈珀知道发生的事并非如此。惊恐的心底坚信着是其他的事，一些更糟糕的事。

因为吉玛昨晚骑了车出来，哈珀来到码头吉玛通常停车的地方。她沿着破旧的木板小跑，祈祷自行车不在那里。如果自行车不在了，说明吉玛已经离开，她去了其他地方。

当她看见锁得严严实实的自行车以及上面的书包时，她的心沉了下去。吉玛仍然在水里，就像过去八个或九个小时

她一直待在那里一样。

除非……

哈珀急转身，发现“脏鸥号”同往常一样停在相同的地方，距离吉玛锁车的地方只有几英尺。

“丹尼尔！”哈珀大喊着跑向他的小船，“丹尼尔！”她双手伸向栏杆，试图爬上去，“丹尼尔！”

“哈珀？”丹尼尔问。他打开舱门走出来，扣上刚刚拉上的牛仔裤拉链。

哈珀试着翻过栏杆，但是小船离码头太远了。她脚下一滑，离开了码头边缘，一只拖鞋脱落，掉进水中，溅起水花。要不是丹尼尔赶过来，抓住她的胳膊，她自己也随着拖鞋掉进去了。

他用强壮的胳膊搂住她的肩膀，举起她，将她拉过栏杆。为此，他不得不将她紧紧贴着他赤裸的胸膛。恐慌和早上的空气让哈珀寒冷，但是他紧贴的肌肤让她感到温暖。

“你在这里干什么？”丹尼尔放开她问道。

“吉玛在这里吗？”哈珀问，但是看到他一脸困惑时，她已经知道了答案。

“不在。”他摇着头，因为担心皱起了眉头，“为什么她会在这里？”

“她昨晚没有回家。而且……”哈珀指了指锁在码头的自行车，“她的自行车还在这里，而且两个小时后她就有游泳训练。吉玛从不错过训练。”她打了个寒战，胃里一阵痉挛，“事情不对劲。”

“我帮你找她，”丹尼尔说，“等我拿下T恤和鞋。”

“不。”她摇了下头，“我没有时间等待。”

“你显然急疯了。”他向她打着手势，而她正站在他的小船上颤抖着，“你需要一个头脑更清醒的人。我跟你一

起去。”

哈珀想反驳，但是她只是点了点头。恐慌占据了她，抑制自己不哭泣都很难。她确实需要一个不像自己这么焦急的人来帮助她。

丹尼尔走向甲板，一分钟后回来了。一分钟在哈珀看来好像是几个小时那么漫长。这漫长的几小时里，她一直凝视着四周环绕的黑暗的大海，怀疑吉玛的身体是否漂浮在海上的某个地方。

“行了。”他边往头上套T恤，边说，“我们走吧。”

他自己先跳上码头，然后拉着哈珀的手帮她离开小船。当他将她的拖鞋从水中打捞上来的时候，她不愿穿上，但是丹尼尔坚持，如果她不穿拖鞋，就不得不一瘸一拐地，反而会让她慢下来。

“你想到哪里找?”他们走下码头走回陆地时，丹尼尔问道。

“我觉得我们需要查看海岸。”她用力地咽了口口水，意识到她正暗示什么，“她可能已经冲到岸上……”

“有没有某个地方她最喜欢?”丹尼尔问，“比如某个地方，在她太累了没有力气骑车回家时，她会到那里休息?”

“我不知道。”哈珀摇着头，耸了耸肩，“我以为她会到你的船上去，因为她信任你。但是……我不知道。我不知道她整晚在水里会干什么。”

“哦，我确实有些想法。”她抽了抽鼻子，揉了下额头，“但是，我唯一能想到的都不是好事。她没有理由整晚留在这里。只有不好的事发生了或者有人伤害了她，她才会留下来。”

“嘿。”丹尼尔抚摸着她的手臂，哈珀抬头看着他，“我们会找到她的，好吗？想想如果一切正常，她会去哪里?”

“我不知道！”哈珀恼怒而惊慌地重复道。她将目光从他身上移开，望向海湾，试着思考，“她喜欢到这里来夜泳。她喜欢游过那边的那块岩石。”

她指向海湾另一边水面上的一块巨大的岩石，吉玛曾经和亚历克斯比赛，看谁先到达那块岩石。哈珀和吉玛也曾经以那块岩石为终点比赛过几次，最后总是吉玛赢。

“她更喜欢海湾的另一边？”丹尼尔问。

“可以这样说，”哈珀承认，“游客和船只不到那里去，因为那里遍布岩石，而她喜欢那里的空寂无人。”

“所以如果她想休息，应该是在那里。”

“是的！”她激动地点头，意识到这意味着什么，“如果她开车来，她会停在那些柏树旁边。”

到那边开车比步行更快，所以哈珀往回跑向她的车，丹尼尔紧跟在她身后。为了绕到海湾另一边，哈珀把车开到了最快，闯过了几个停车标志，抄近路穿过了草地。

到达海滩后，她开始暗暗感激丹尼尔拯救了她的拖鞋。海岸遍布尖锐的岩石，赤脚前行几乎是不可能的。至少对她来说是这样。哈珀知道这些岩石对吉玛来说没有什么可怕的。

她艰难地走到海岸的边缘，越过树木，这样她可以清楚地看到一直延续到海湾的海岸线。丹尼尔走到她身后，指着一团黑物。

“那是什么？”他问道，但是哈珀来不及回答他。

她快速冲过去，几次绊在岩石上，绊倒一次，膝盖就被划出一道口子。丹尼尔跟在她身后，尽可能地加快速度，但他的迈步更谨慎。

当她近得可以肯定时，哈珀开始叫吉玛的名字。她可以看到这是她的妹妹，仰躺着，裹在类似金色鱼网的东西里。

但是吉玛没有回答。

# 第十章
# 宿　醉

“吉玛！”哈珀尖叫着，突然倒在她身边，不管岩石刺痛她的肌肤，“吉玛，醒醒！”

“她还活着吗？”丹尼尔问，他站在哈珀身后，向下注视着吉玛。

情况看起来很不好。吉玛的肌肤颜色尽失，看起来几乎是蓝色的。胳膊上满是瘀伤和剐痕，血液凝固在太阳穴上。双唇干燥、皲裂，海藻缠绕着她的头发。

哈珀没有想到吉玛居然呻吟了一声。

“吉玛。”哈珀将吉玛额头的头发拨开，她的眼睛慢慢睁开。

“哈珀？”吉玛声音沙哑。

“噢，感谢上帝。”哈珀深吸了一口气，安心的泪水盈满眼眶，“你怎么了？”

“我不知道。”

吉玛动着身体，疼得龇牙咧嘴，她试着站起来，但是岩石太凹凸不平了。丹尼尔打算横抱起她。吉玛挪动了一下，试图紧紧抓住丹尼尔，但是她的胳膊被包裹全身的纱网缠得太紧。

“我们将她弄回车上吧。”哈珀建议道，丹尼尔点点头。

哈珀终于相信吉玛还活着的这个事实，她想哭泣，想朝吉玛喊叫。但是吉玛看起来仍然那么虚弱，昏昏沉沉，她不想质问她。

哈珀将车停在尽可能靠近的地方，这意味着她将车停在沿着海岸的荒凉的海滩草地上。他们到达草地后，丹尼尔将吉玛放下，吉玛努力自己站起来。网纱将她缠得太紧，哈珀和丹尼尔动手帮她将网纱取下来。

“这是什么？”哈珀问，“你被渔网困住了吗？这就是发生的事情？”

“这不是渔网。”丹尼尔摇了摇头。他们从吉玛身上解下来后，他的手穿过网纱，欣赏着它奇怪的纹理，“至少我从未见过这种渔网。”

“不，这不是渔网。”吉玛的手撑到车上，稳住自己，靠在车上，“这是披巾或者其他类似的东西。”

“披巾？”哈珀问，“你在哪里弄到的披巾？”

吉玛愁眉苦脸，犹豫了半天，勉强承认：“佩恩。”

“佩恩？”哈珀几乎尖叫起来，“见鬼。你和佩恩一起干什么？”

“你真的应该远离那些女孩，”丹尼尔严肃地说，“她们……她们有点奇怪。”

“相信我，我知道。”吉玛低声说。

“那么你和她们一起做什么？”哈珀问，“你昨晚做了什么？”

“我们能晚点谈这个吗？求你了。”吉玛乞求，“我头痛得厉害，全身都疼，而且好渴。真是不敢相信。”

“你需要去医院吗？”哈珀问道。

吉玛摇了摇头说：“不，我只是需要回家。”

“如果你没事，那么你要告诉我发生了什么。”哈珀双手交叉，抱在胸前。

“我昨晚出去游泳，然后……”吉玛的声音渐渐弱下去，

凝视着太阳从花岛湾升起，似乎正努力回想昨晚到底发生了什么，“我一直游到海湾，佩恩、莱西和希雅正在那里……在那里聚会。”

“她们在聚会？”哈珀问，现在她完全目瞪口呆了，“你昨晚和那些女孩一起聚会了？”

“是，”吉玛迟疑地答道，“我的意思是，是的，至少我是这么觉得。”

“你觉得？”哈珀摇了摇头。

“是的，她们邀请我加入她们，让我喝了一口酒。但是这种酒肯定非常浓烈。仅仅只是一口，我保证。”

“你喝酒了？”哈珀瞪大双眼，“吉玛！你可能因此被踢出游泳队。而且一个小时后你有训练，显然今天你去不了了。你当时怎么想的？”

“我没有想！”吉玛吼道，“我真的不知道当时怎么想的！我不知道昨晚一切是怎么发生的。我只记得喝了一口后，醒来已经在岩石上了。我不知道发生了什么，我很抱歉。”

“上车。”哈珀咬紧牙关，气得都不想喊叫了。

“我真的很抱歉。”吉玛重复道。

“上车！”哈珀吼道，丹尼尔后退了一下。

“谢谢……帮忙。”吉玛对丹尼尔嘟囔了一句，低头盯着自己的脚。

“不客气。”他说道。吉玛试着打开车门，但是几乎要跌倒了，丹尼尔走上前，帮她打开车门，“好好休息，多喝水。宿醉很难受，但是你会活下来的。”

吉玛朝他淡淡一笑，爬上了车。她安全地到达车里后，他关上门，注意力回到哈珀身上。她双手交叉，抱在胸前，恼怒而不可置信地盯着她的妹妹，但是当丹尼尔看向她时，她不好意思地笑了。

“真的很抱歉将你拖出来帮我寻找醉酒的妹妹。我想说的是，谢谢。我很感激，但是抱歉麻烦你。”

“不，不麻烦。”丹尼尔咧嘴一笑，“我刚才正在暗自思考睡懒觉一直到太阳升起是多么枯燥。”

“对不起，”哈珀又说道，“我想应该放你回去睡觉了。”

“好。”丹尼尔点了点头，从车前退后一步，“但是对她不要太生气，行吗？她只是个孩子。总会有搞砸的时候。”

“我没有搞砸过。”哈珀从车前绕到驾驶座一侧。

“真的吗？”他停下来，对她眉头一扬，“你从未搞砸过？”

“不像她那样。”她望向汽车，吉玛将额头靠在玻璃上，“我从未整晚不回家或者喝醉过。我可能有一次睡过头上学迟到了。”

“哦，哇。”丹尼尔傻笑，看起来真的很惊讶，“真是让人遗憾。我的意思是，不喝酒对你有好处。但是不犯错误的人生听起来没有丝毫乐趣。”

“我过得很开心。”哈珀恼火道。吉玛在车上痛苦的呻吟，打断了她与丹尼尔的争论，“不过我真的应该回家了。”

“对，当然。”他朝她挥挥手，向后退去，“我不会妨碍你履行责任的。”

“谢谢。”哈珀向他微笑。

上车后，她的微笑和幸福感都消失了。心情从发现妹妹依然活着的宽慰变成了暴怒。

“我不明白你怎么可以这样做。”哈珀发动车，离开花岛湾后说道，“爸爸差点为了找你而不去工作，他可能因此失业。”

“我很抱歉。”吉玛紧闭双眼，揉着额头，似乎希望哈珀会住嘴。

“抱歉没有用，吉玛！”哈珀吼道，“你可能死掉！你明白吗？你差点真的死掉了。我甚至都不知道发生了什么或者你是如何做到仍然活着的。你怎么能那样做？你怎么能让自己陷入那样危险的境地？”

“我不知道！”吉玛抬起头，“我要告诉你多少次我不知道？”

“直到我弄明白！”哈珀反击，“这不像你。你不喜欢那些女孩，你不喜欢喝酒。为什么你会跟她们混在一起？那些人你甚至都不喜欢，为什么你不顾自己的安全跟她们一起？”

“哈珀！”吉玛呵斥，“我不记得昨晚的事情了。我没有答案，不管你问我多少次或者用多少不同的方式问。我已经告诉你我知道的一切了！”

“你知道自己被禁足了，对吧？”哈珀问道，“你再也不能晚上到花岛湾去了。要是爸爸同意你白天去那里，你都是幸运的了。”

“我知道。”吉玛叹口气，将头重新搁在窗户上。

“我不知道你会什么时候再见到亚历克斯，”哈珀继续说，“他也很担心你。”

“是吗？”她抬头看着哈珀，露出点喜色，“他怎么知道我不见了？”

“我以为你会跟他在一起，所以我给他打了电话，问他知不知道你在哪里。我们回家后你应该给他个电话。”

“嗯。”吉玛闭上眼睛，“也许你应该给他电话。我现在不太想说话。”

哈珀回头看向妹妹，因为关心，态度软下来。吉玛甚至没精神与亚历克斯说话，肯定有什么不对劲。

“你确定自己没事？”哈珀问道，“我可以现在就带你上医院。”

“不，我只是宿醉，有些瘀伤。我会没事的。”

“也许你应该去拍一下X光，”哈珀说，“那些瘀伤可能比看起来更严重。我甚至不知道你是怎么弄上的。”

“我没事，”吉玛坚持，“请带我回家。我只想睡觉。”

哈珀听到吉玛的话已经没有生气了，但是吉玛可能是对的。既然哈珀已经得到机会发泄掉她的愤怒，她决定不再怪罪吉玛。如果吉玛病了，她不需要哈珀朝她喊叫。因此现在，哈珀要做的就是照顾她。

他们到家后，吉玛走到厨房，从水龙头里给自己倒了杯冷水。她一杯接一杯地喝，大口大口地灌下去，水从下巴流下来。

“你确定自己没事？”哈珀问道，迟疑地看着妹妹。

“是的。”吉玛点点头，用手背擦干嘴角，“我只是很渴。但是现在好多了。”她将玻璃杯放到水槽里，朝哈珀勉强笑了笑。

“那么坐下吧。你需要清理一下。”

吉玛从餐桌下拉出一把椅子坐上去。哈珀走进浴室去取湿毛巾、消毒剂和创可贴。她回来后，跪在吉玛前面的地板上，检查她的割伤和划伤。

伤口看起来都不深，这是唯一值得庆幸的事情。当哈珀清洗她大腿上的一个切口时，吉玛畏缩了一下。哈珀抱歉地看了她一眼，擦拭得更加小心翼翼。

“你不记得这些伤口怎么来的？”哈珀抬头望向吉玛，试图从她脸上的表情找到一丝一毫的线索，看看到底发生了什么。

“不记得。”

“你不知道是不是那些女孩干的？”哈珀问。吉玛摇摇头。“那么可能是佩恩揍了你？即使她们没干，她们将你留

在花岛湾，不管你的死活，都不知道为什么？”

只是想到这点，就让哈珀异常愤怒，她没有意识到自己正多用力地擦拭吉玛的伤口。

“哈珀！”吉玛皱眉，抽出自己的腿。

“对不起。”哈珀停止清洗伤口，当她绑绷带的时候，她更加小心，“也许你应该报警告发那些女孩。”

“告发什么？我不小心喝得太多，不记得发生了什么？”吉玛疲倦地回答。

“呃……”哈珀耸耸肩，“我不知道。我觉得自己应该做点什么。”

“你做得够多了，”吉玛试着安抚她，“但是现在，我只是需要睡一觉。”

“你不想先洗个澡吗？”吉玛站起来时哈珀问道。

“我睡醒以后。”

吉玛抓着桌子支撑自己，慢慢站起来。她的头发上沾满盐渍和尘土，黏糊糊的。当吉玛走过她身边时，哈珀从她打结的头发上扯下一团海藻。

吉玛终于爬上了楼梯，不过哈珀紧跟在她身后，防止她滑倒。吉玛迅速脱掉泳衣，换上干净的内衣和T恤，然后倒在她的床上。

哈珀给吉玛掖好被子，看着她安然无恙，才走出她的房间，开始打电话。她让两间卧室的房门打开着，留意着吉玛，轻声讲着电话，以免打扰她。

首先，她必须打电话给爸爸，告诉他吉玛没事。当他知道吉玛为什么整晚待在外面的时候，他听起来和哈珀当时一样激动，也一样生气。其实，布莱恩很少对她们发脾气，很容易忘记当他生气起来他会变得多么可怕。

其他电话打起来就比较快。她告诉亚历克斯吉玛没事，接着打电话给学校的教练，告诉他吉玛今天不能参加训练了。做完这些，哈珀决定给自己请假。虽然这可能仅仅是宿醉，但是哈珀觉得不适合放着吉玛不管。

打完电话，哈珀坐在吉玛房间外面过道的地板上，就在那里，她可以看见妹妹睡着。吉玛背对着她，薄薄的被单盖在她身上，随着她的每一次呼吸上下起伏。

即使吉玛没有生病，哈珀也不知道自己是否会去工作。想到可能失去吉玛，哈珀觉得难以离她而去。

有时候，哈珀把全部精力都放在照顾好一切上，她的父亲和这座房子以及确保吉玛听话和安全，她忘了她实际上爱她的妹妹。事实上如果没有吉玛，哈珀可能会迷失自己。

# 第十一章
# 饥 渴

吉玛醒过来时天色已晚，高烧终于减弱，脑子清醒了一点。她的梦离奇而极其生动，但醒来的瞬间，她将这些梦忘得一干二净。她只知道它们留给她的感觉让她恶心、恐惧。

哈珀宠爱她，这让吉玛感觉更糟糕。哈珀和爸爸如此担心，吉玛也从来不想做任何事背叛他们的信任。除了吓坏了两个她最在乎的人以外，整晚不归将令她整个夏天被禁足，并且被禁止再到花岛湾。

最糟的是她甚至不知道她为什么那样做。

她记不起从瓶里喝酒后的任何事情。记忆一片空白，直到第二天早上哈珀发现她躺在海岸上。但是即使此前，在她喝酒之前，她的记忆也是奇怪而模糊不清。

吉玛只记得去了海湾。在她心里，她可以看见自己做了什么，但就像观看了一场别人的表演。所有动作和行动，都是她的身体在执行，而不是她。

到海湾和佩恩混在一起，那些不是她的决定。吉玛从不会喝酒，更加不会因为莱西这样的女孩的强迫而喝酒。她记得喝了酒，但那不是她。她绝不会那样做。

但是她喝了。不然她为何被冲到了海滩上，宿醉吗？

不过醉酒不能完全解释那天晚上发生的事情。在她喝酒之前，事情就已经搞砸了，吉玛从没有听说过那么浓的酒。它有蜂蜜的稠度，但是尝起来一点都不像蜂蜜。

可能那不是酒，但是它肯定是某种东西。它可能加入了某种药物或毒物，或者可能是一种迷幻药。如果最后发现佩恩是一个女巫，吉玛也不会吃惊。

无论如何，她们对她隐藏了一些事情。吉玛可能永远不会知道到底是什么，但是这不重要。她们给了她一种东西，她也不知道为什么。

更糟糕的是，她不知道此后她们对她做了什么。所有的划伤可能是在海洋中颠簸时造成的。她昏迷后，她们肯定直接将她扔进了花岛湾。

但是，如果她在水中是昏迷的，她不是应该已经溺水了吗？或者被卷入大海？她怎么可能躺在海滩上，只有一些划痕和瘀伤？为什么她没有死？

“该死。”哈珀叹口气，走进吉玛的房间，将她从思绪中拉回来。“玛莎刚刚打来了电话。图书馆那边有点事情，我需要过去帮她。”

吉玛坐在床上。她的身体已经感觉比早上好得多了。所有疼痛已经消失，甚至伤口附近的红肿也已经褪下去了。除了黏腻和肮脏，她感觉已经好了一大半。

“你在这里单独待一个小时左右没问题吧？”哈珀问。

“是的。”吉玛点头，“我很好。我想我可能会洗个澡。你去做你的事情。我不想再给你造成任何不便了。”

“好的。”哈珀咬着嘴唇，似乎不愿离开，“我会带着手机，如果你需要我就给我电话。我说真的，好吗？”

“好的。”吉玛又点了点头，“但是我会没事的。”

哈珀离开后，吉玛感到全身心放松下来。哈珀那样照看她只会加剧她的愧疚，但是，吉玛希望有机会清醒一下头脑，试着自己理清头绪。而哈珀不断过来查看并质问她发生了什么，这令她难以思考。

吉玛知道哈珀本意是好的，事实上都是因为她自己的过错，哈珀才觉得有必要将她看得这么紧。但是有时候，她只是需要一点空间自由呼吸。

在哈珀和她们的妈妈发生车祸后，事情开始变得糟糕起来。虽然哈珀才是受到伤害的人，她却突然变得对吉玛过度保护。

不过吉玛没有介意，至少一开始不介意。她需要这种保护。当她的妈妈陷入昏迷时，她感到不知所措。回想起来，吉玛一直是那种妈妈的乖乖女类型，如果哈珀没有出来充当妈妈的角色，她不知道自己如何挨得过。

不过，后来，她学会了如何自己应对这一切。就在那时她真正喜欢上游泳。她一直喜欢水，但在那之后，她对待在水里总是意犹未尽。这是唯一一个让她感到真正自由的地方，有时候，当哈珀心情不好的时候，这是吉玛能够真正呼吸的唯一地方。

现在，由于她与佩恩一起这个愚蠢的错误，不仅以后会被哈珀看得更紧，更不能去花岛湾发泄放松。不过至少她仍然还有游泳训练，以及长时间的泡澡。

吉玛考虑现在泡个澡，但是她的皮肤太脏了。不到几秒钟，她将在一浴缸的污泥里游泳。淋浴将是更好的选择。

等待自来水变热的时候，她打开浴室里的光盘播放机。她父亲的斯普林斯汀唱片爆发出震天的响声，吉玛筛选着摆成一排的光盘，搜寻着她自己的音乐。浴室里大部分是哈珀的音乐，像《拱廊之火》和《太阳神暴乱》之类的。

但是不知何故，吉玛自己的碟片听起来不好听。她不想听上面的任何歌曲。所有音乐听上去都……不对劲，莫名其妙的。关掉音响，吉玛决定放弃音乐。

淋浴前，她脱得只剩下内衣。在镜子前，她前后左右转动着身体，检查皮肤上的所有伤口。

一大片瘀伤从她的腰背部一直向上延伸到她的肩胛骨。它是深紫色的，边缘呈现绿色，吉玛试探着触摸了一下。有点疼，这是当然的，但是远远没有她想得那么疼痛。

无论如何，热水浴应该会让她感觉更好，她停止检查自己的身体，站到喷头下。当热水流过全身，她感觉更好了，几乎精神焕发。

吉玛情不自禁，一边洗头发，一边开始唱歌。起初，她唱着凯蒂·佩里的最新歌曲，但是一首不同的曲子萦绕在她脑海。那是一首她甚至都不知道自己如何知道的歌曲。

她将护发素抹在头发上，停下来思考。她想不起是什么歌，但是它就在嘴边，却一时唱不出来。

“来吧……”吉玛皱起眉头，试着回想歌词，“我会给你带路……进入我的海洋……”她摇摇头，“不，这不对。”

她叹着气，决定开始唱这首歌，希望她唱的时候歌词会自己冒出来，神奇的是，它确实冒了出来。歌词就在嘴边，她大声唱出来。

“来吧，疲倦的旅行者，我将引导你穿过波浪，不要担心，可怜的旅行者，我的歌声将为你指明方向。”

接着一种奇怪的感觉传遍全身。这让她想起亚历克斯吻她的时候那种战栗的感觉，但是这次是在皮肤上。这种感觉顺着她的腿一路向下，从大腿一直到脚趾。她沿着这种异样感觉的路径，用手抚过自己的腿，她感到肌肤在手指下泛起涟漪。

她尖叫一声，低下头。她原以为会看见什么东西缠在自己腿上，像海藻或者水蛭，但是什么也没有。只有她自己的肌肤，看起来像以往一样正常。

事实上，一切似乎有点不太正常。她肌肤上的瘀伤已经

褪尽，切口也基本愈合。吉玛伸长脖子张望，试着看看她的后背，但是没能成功。

她洗好了头发，还用浴球将全身肌肤擦了一遍，所以她决定结束淋浴。她原本计划更用力地擦洗一番，但是奇怪的事情发生了。

她过去将浴球挂到水龙头上，淋浴后她总是这样干，好让浴球晾干，她注意到有东西粘在粉红色的网纱上。她从海绵里将它挑出来，举到灯光下面，检查它。

这是某种彩色的大鱼鳞，太大了，不属于她在花岛湾见到的那种平常的小鱼。它肯定来自某种庞然大物，至少有吉玛这么大的块头。但是这种颜色吉玛以前从未在鱼身上见过。诚然，热带鱼有各种炫目的颜色，但是这儿是遥远的北方，不会有这种真正美丽的鱼。

“吉玛？”亚历克斯问道，打断了她检查这种神秘的鱼鳞，他开始敲浴室的门。

“亚历克斯？”吉玛吃惊地问道，抓起一条浴巾围在身上，即使亚历克斯仍然站在门的另一边，“你怎么过来了？”

“我只是……”他的声音逐渐变小，完全消失在门的另一边。

“什么？”吉玛问道。

“我需要见你。”

“什么？为什么？发生了什么事情吗？”

“不，我……”亚历克斯大声叹了口气，“哈珀告诉我你失踪了，我想确认你没事。我本来是想给你时间休息，但是刚才听到你在唱歌，所以我想你可能醒了。”

吉玛尴尬地看了一眼开着的浴室窗户。窗帘是拉下的，但窗格是打开的，亚历克斯可以轻易地听到她唱歌。

一阵羞愧过后，她皱起眉头，转向关闭的浴室门，说：

“所以你就这样进到了我房子里？”这一点都不像亚历克斯会做的事情。他一向都是礼貌的，从来不过度。

“不，我先敲了门，但是你没有回答，接着你停止了唱歌，”亚历克斯解释，“我听到你尖叫，我想是不是出了什么事情。”

“哦。”她微笑起来，意识到他不过是在担心她，“我刚冲完澡。等我穿上衣服，一会儿出来和你说话。”

值得庆幸的是，吉玛将自己的衣服拿到了浴室里，于是她匆忙穿上。亚历克斯意外的来访几乎让她忘记了背上的瘀伤，但是穿好衣服后她又想起来。

吉玛将背转向镜子，拉起T恤。当她扭头从肩膀看过去的时候，她震惊了。大片的瘀伤消失殆尽，只剩下背中心的一块疙瘩，甚至颜色也已经从深紫色褪成柔和的灰色。

“这不可能。”吉玛目瞪口呆地看着镜中的映像。

“你说了什么吗？”亚历克斯在过道上喊道。

“呃……没有。”她放下T恤，仿佛他能够看透门板似的，“我只是自言自语。我马上出来。”

她匆忙用手指梳了梳头发。即使头发似乎也不像往常那样缠结了。所有的盐水和氯水对她的头发都有强烈的刺激，但是头发摸起来比几年前更柔滑了。

不过，她没有时间担心这件事。亚里斯克正等着她，她也想尽快见到他。如果哈珀下班回来，就会让他离开的，吉玛不知道自己什么时候能够再有机会与他独处。

“你来看我真是太好了。”吉玛打开浴室门说道。她以为他会在过道里等她，但是他不在。

“为什么？”亚历克斯问，他的声音从她的卧室传来。

“因为我很可能从现在开始被永远禁足了。”

她走进自己的房间，尽量不显露出自己是多么的紧张，

因为亚历克斯就在她的房间里。

她迅速地扫了一眼四周，确保没有令人尴尬的东西露在外面。她的脏泳衣皱巴巴地丢在地板上，床上被子没有叠好，不过都不至于太糟。也许墙上迈克尔·菲尔普斯的海报不适合出现在这里，但亚历克斯不可能因为这个而真的指责她。

亚历克斯一直站在她的床旁边，欣赏着床头柜上的一张照片，照片上是她、哈珀和她们的母亲。吉玛进来后，他转身面向她，他棕色的眼睛突然睁大了。他张开嘴，但是一句话也没说出来。他试着将照片放回床头柜，但是因为注意力不集中，照片掉到了地板上。

“对不起。”他手忙脚乱地去捡照片，吉玛笑起来。

“没关系。”

“不，对不起。”他回望着她，朝她窘迫地笑了笑，“我太笨拙了。你让我……”

“怎样？”她走近床边，他的目光停留在她身上。

“我不知道。”他笑了笑，困惑地皱起眉头，“就像……在你身边我有时候无法思考。”

“你无法思考？”吉玛坐到床上，疑惑地问道，“你是我认识的最聪明的人。你怎么可能停止思考呢？”

“我不知道。”

他在她身边坐下，仍然注视着她，但那种令人愉快的殷勤视线已经变得有点令人不安。他的目光太过热烈，吉玛不由地将头发夹到耳朵后面，避开他的目光。

“我很抱歉今天没有给你打电话。”她说。

“没关系，”他迅速说道，接着摇摇头，似乎他本来要说的不是这句话，“我不是……”他从她身上移开视线，但是仅仅一小会儿，然后他的眼睛重新锁定她，“你那天到哪里去了？”

“要是我告诉你，你不会相信的。”她摇了摇头。

“你说的话我都会相信。”亚历克斯回答，他声音里的真诚让吉玛看向他。

“你怎么回事？”

“什么意思？”

“我的意思是……”她指着他，“像这样，你看着我的样子还有你和我说话的方式。”

“我和你说话的方式不是我一直以来的方式吗？”亚历克斯远离了她一点，为她的观察力吃了一惊。

“不。你完全……”她耸耸肩，无法找到合适的词语来解释，“不是你。”

“对不起。”他一脸苦恼，努力思索她是什么意思，“我想……我早上吓着了。哈珀不告诉我发生了什么事情，我担心你遇到了不好的事情。”

“真的很抱歉，”吉玛说，她也觉得是这个原因。他一直在为她担心，所以才会这样注视她，仿佛要弥补什么一样，哈珀有时候也是这样。“我从来没有想吓着你，或者任何人。”

“但是现在你将被禁足了？”亚历克斯问。

“是的，一定的。”她叹了口气。

“我不能再见你？”他问道，声音沮丧，和她的心情一样，“我不知道自己是否可以忍受。”

“希望只是几周。如果表现好，也许可以更短。”她给了他一个淡淡的微笑，“也许有时候，趁着哈珀和我爸爸在工作的时候，你可以过来，像现在这样。”

“哈珀下班回家前，我们还有多长时间？”

吉玛瞟了一眼时钟，懊丧地意识到哈珀已经离开一小时了。“不长。”

“那么我们必须充分利用我们拥有的时间。”亚历克斯果断地说。

“你是什么意思?”

“我的意思是这样。”他靠近她，将嘴唇贴到她的嘴唇上。

开始，他像往常那样吻她，给她甜蜜的感觉——温柔、克制、小心翼翼。然后有些事改变了。他突然变得急不可耐，他将手指插入她的发丝里，压着她紧紧贴了过来。

当事情发生了变化，亚历克斯开始纠缠不休地吻她，几乎带着强迫性，吉玛变得惊慌。她几乎要将他推开好放慢节奏，但似乎他唤醒了埋在她体内的渴望，一种她甚至不知道的欲望。

她把他推回床上，依然吻着他。他的双手在她全身游走，起初隔着衣服，后来滑到衣服下面，来到有瘀伤的地方。他的双手所到之处，总会激起淋浴时的感觉，令她全身震颤。

他们的吻变得越来越疯狂，好像亚历克斯认为得不到她会死掉一样。吉玛感到饥渴，对他有种最原始的欲望。她想要他，需要他，迫不及待地想吞掉他。一种东西像火一样席卷了她，在她心底的某个黑暗角落，她意识到她想与他做的事情与激情无关。

“哎哟!”亚历克斯皱起眉头，停止吻她。

“怎么了?”吉玛问道。

她躺在他身上，他俩都气喘吁吁。亚历克斯的眼神现在清晰了一点，不再因为激情而迷离。他的手刚才一直抓着她的腰侧，将她拉向他，但是现在他放了手，摸了摸他的嘴唇。手从嘴唇离开后指尖上带上了一滴血。

"你……咬我?"亚历克斯迟疑地说。

"我咬了你?"她坐起来一点，双腿仍然横跨在亚历克斯两侧。

她用舌头扫过牙齿，突然感觉它们变得更尖利了。她的门牙那么尖，她几乎刺伤自己的舌头。

"没关系。"亚历克斯抚摸着她的腿，试着安慰她，"这是意外，我没事。"

她的肚子突然发出"咕噜咕噜"的声音。吉玛将手放到肚子上，似乎这样可以让它安静下来。

"我饿了。"她说道，听起来为自己的坦白而困惑。

"我听见了。"他大笑。

她摇了摇头，不知道如何解释。吻他不知为何让她变得很饥饿。她甚至不记得咬了他，她也无法肯定咬他是个意外。

"哈珀随时可能回家。"吉玛说。找着借口结束他们的体验，她爬下亚历克斯的身体，坐到床上。

"是的，当然。"他迅速坐起来，摇了摇头，似乎要摆脱什么。

他们沉默了一会儿。两人都只是看着地面，似乎在为他们最近的行为感到困惑。

"听着，我……我很抱歉。"亚历克斯说。

"为什么?"

"我不是想过来然后……然后……"他说话结结巴巴，"像那样与你亲密，我想。我的意思是，这很美妙。但是……"他叹口气，"我不想催你或者强迫你……"他摇了摇头，"那不是我。我不是那种人。"

"我知道。"吉玛点了点头。她微笑着看着他，希望他看起来不像感觉到的那么痛苦，"我也不是那种女孩。但是你绝对没有强迫我任何事。”

“好吧。”他站起来，又摸了摸嘴唇，看看是否还有血，然后看着她，“我想，呃，如果可以的话我会再来看你。”

“好。”她点点头。

“你没事我真的很高兴。”

“我知道。谢谢你。”

他停下来，想了一想，然后他弯下腰，吻了吻她的脸颊。这是一个有点长的吻，但是仍然结束得太快。然后亚历克斯离开了。

在他们那天下午分享的所有吻中，他离开前的吻是吉玛的最爱。它也许是最纯洁的一个吻，也是感觉最真诚的一个吻。

# 第十二章
# 贝尔餐厅

太阳在天空中发出灿烂的光芒，天气暖和却不会让人感到炎热。在这种天气里，吉玛一般总是急切地想去花岛湾，甚至哈珀也都会愉快地加入她。

可是吉玛哪儿也不能去。一切在预料之中，她们的父亲昨晚下班回家后，将她禁足了。他朝她大吼的架势几乎让哈珀想出来维护她的妹妹，但是她没有。她躲在台阶上，听到他大声咆哮着一直以来给了吉玛多大的自由以及信任，但是那些日子已经结束了。

最后，吉玛开始哭泣。布莱恩向她道歉，但是吉玛上楼回到了她房间。她整晚都待在房间里。哈珀好几次试着与她谈话，但吉玛都让她离开了。

哈珀本来希望早上与妹妹谈谈，但是她起床时吉玛已经离开家去参加游泳训练了。值得高兴的是，布莱恩去工作时记得带上了午餐。

不过这点现在看来似乎也没有多好了，因为哈珀此时正坐在图书馆前台无所事事。她心不在焉地翻阅着朱迪·布鲁姆的《永远》。

她以前看过这本书，但是已经好几年了，所以她想重新温习一下里面的内容。这是他们为中学生举办的夏季读书计划的一部分，每个星期一，哈珀与十多个孩子在读书俱乐部见面，讨论他们每周的阅读情况。

“你知道吗，中学校长已经将《奥普拉·温弗瑞自传》借去六周了？”玛莎点击着哈珀旁边的电脑说。

“不，我不知道。”哈珀回答。

因为人不多，玛莎浏览着电脑记录，搜寻哪些人的书逾期未还，然后打电话提醒他们。玛莎是自愿做这件事的。虽然她讨厌与人打交道，但她喜欢打电话告诉他们做了错事。

“这似乎很奇怪，不是吗？”玛莎透过一副黑色镜框眼镜凝视着哈珀。并不是她需要矫正视力——她只是觉得眼镜会让她看起来很学术。

“我不知道。我听说这是一本很好的书。”

“就像我常说的——通过一个人借出去的书，你可以了解很多。”

“你只是喜欢窥探人们的生活。”哈珀纠正她。

“你说得好像这是一件坏事。知道你的邻居在干什么总是好的。不信的话问问二次世界大战后波兰人对此的看法。”

“不管怎样，没有理由侵犯别人的……”

“哇哦，哈珀，这不是你认识的那个孩子吗？”玛莎打断她，指着电脑屏幕。

“我认识的很多人都借书，”哈珀说着，头也不抬地继续看着朱迪·布鲁姆的书，“这并没有什么好惊讶的。”

“不，不，我刚才干得无聊，所以开始浏览卡普里每日先驱报的网站，在社论文章下面留下愤怒的、匿名的评论。但是我却发现了这个。”玛莎将屏幕转向哈珀一边。

哈珀抬起头，看见“本地男孩失踪两天”的大标题。下面是一张卢克·本菲尔德的照片，哈珀认出这是他高三时候的照片，她的年鉴上有这张。他费力地将红色卷发朝后弄服帖，但是它们仍然从两边冒出来。

“他失踪了？”哈珀问道，将椅子拉近玛莎。

下面的副标题用小号字体写着“两个月内第四个男孩失踪”。文章接下去介绍了卢克的一些基本情况——他是一名优等生，秋天的时候肯定会考上斯坦福大学。

接下来的报道说明他们对发生的事情知道的是多么有限。卢克星期一去野餐，然后回家吃晚饭。他看起来很正常，他向朋友们道歉后离开，说要去见一个朋友，但他再也没回来过。

他的父母不知道他会去哪里。警察刚刚开始调查，但是他们似乎知道得不多，与其他男孩的失踪事件一样。

记者比较了卢克失踪和其他三个男孩失踪的相似点。他们都是十几岁的青少年；他们都是离开去见一些朋友；他们都再没有回家。

文章接着提到附近海滨城镇有两个十几岁的女孩也失踪了。所有的男孩都是来自卡普里镇，而女孩们则是来自半个多小时车程以外的两个不同城市。

“你觉得他们会找我们问话吗？”玛莎问。

“为什么？我们与这件事没有任何关系。”

“因为我们那天见过他。”玛莎指着电脑屏幕，似乎要详尽说明，“他是在野餐那天晚上失踪的。”

哈珀仔细想了想，说：“我不知道，也许他们会。报纸上说警察刚刚开始调查，他们可能会找亚历克斯谈话，但是我不知道他们是否会与去野餐的每个人谈话。”

“感觉很怪异，不是吗？”玛莎问道，“我们刚刚见过他，但是现在他已经死了。”

“他没有死，是失踪了。”哈珀纠正她，“他可能仍然活着。”

“我不相信。他们说这是一个连环杀人案。”

“他们？谁？”哈珀问道，靠回到椅子上，“先驱报一点

都没有提到。”

“我知道。”玛莎耸耸肩，“他们是所有的人——镇上的人们。”

“嗯，镇上的人们并不知道所有的事情。”哈珀将椅子滑回自己的座位，远离玛莎和关于卢克的可怕的新闻故事。“我相信他会没事的。”

玛莎嗤笑：“我对此非常怀疑。没人找到任何一个男孩。我告诉你有个连环杀手正随意选择目标……”

“玛莎！”哈珀呵斥，打断了她的思绪，“卢克是亚历克斯的朋友。他有自己的父母和生活。让我们看在他们的面上希望他没事。这个话题到此为止。”

“好吧。”玛莎将电脑屏幕转回来，面向自己，将椅子从哈珀那边慢慢挪开，“我不知道这个话题这么敏感。”

“这个话题不敏感。”哈珀深深地吸了一口气，放软了语气，“我只是觉得悲剧发生时我们应该尊重他人。”

“对不起。”玛莎安静了一会儿，“我也许应该继续查找罚款记录。我有很多电话要打。”

哈珀试着继续看书，但是她怎么也不能集中注意力。她的思绪又飘回到卢克和那张他努力要照好的高三照片上。她对卢克没有任何感觉，除了友情，但他是一个好人。他们一起分享过一些尴尬、紧张的时光，有一次甚至接吻了。而现在他可能永远不会回家了。

虽然她不想承认，但是哈珀知道玛莎很可能说得对。卢克不会活着回家。

“我需要休息一下。”哈珀突然说道，接着站了起来。

“什么？”玛莎从她滑稽的眼镜后抬头看着她。

“我就到街对面，买杯可乐之类的。我只是需要……”哈珀摇摇头。她不知道自己到底需要什么，但是她想停止思考卢克的事情。

“所以你要将我一个人留在这里吗?”玛莎问道，听起来似乎想到不得不应付顾客而紧张起来。

哈珀环顾四周空荡荡的图书馆说：“我觉得你能处理。而且,”哈珀推开椅子说道,“我昨天抛下生病的妹妹赶来救你。你也能够为我掩护大概三十分钟吧。”

“三十分钟?”玛莎在哈珀身后大喊，但是哈珀已经朝门外走去。

刚出门沐浴在阳光中，她的不安就减轻了一些。天气太美好，无法想象会有坏事发生。她穿过街道走向贝尔餐厅，试着丢掉不快。

因为位于镇中心，餐厅避开了大多数游客。它不像花岛湾边上大部分地方那样，没有过多的航海主题，除了酒吧上方的一幅画。这是一大幅画，一条美人鱼坐在打开的蚌壳里，捧着一大颗珍珠。

一些雅座沿着大前窗排列，带裂纹的红色塑料高脚凳围放在柜台边。贝尔在一个玻璃柜里陈列了一些派，但只供应两种——柠檬派和蓝莓派。地板上的瓷砖本来应该是红色和白色交错，可现在白色已经差不多变成米黄色了。

餐厅陈旧，有点脏，一般只有当地人来这里。所以佩恩和她的朋友们来贝尔餐厅就显得格外奇怪。她们经常光顾这里，几乎已成为常客，而她们甚至不是卡普里镇人。

想到佩恩，哈珀迅速环顾了一圈餐厅。她最不想的事情就是撞见她们。

幸运的是，佩恩、希雅和莱西都没有出现。但是当哈珀走进来的时候，丹尼尔正一个人坐在一张小桌子前喝汤。他看见哈珀后对她笑了笑，于是她向他走过去。

“我不知道你在这里吃饭。”

“我必须来这里喝贝尔著名的蛤蜊海鲜浓汤。”丹尼尔咧嘴一笑，然后指着对面的空位，“愿意和我一起吗？”她咬着嘴唇，思考她是否应该坐下，因此他说道：“冰激凌事件后，你确实欠我一个延期招待。”

“确实。”她承认，几乎是不情愿地，坐到他对面。

“我公平地点了汤，正好是相同价值的一顿饭。”

“是的。”

“你怎么会来这里？”丹尼尔问道。

“午餐。”哈珀说，他笑起来，这种答复说了像没说一样，“实际上，我在街道对面的图书馆里工作。我现在休息。”





“你经常来这里？”他喝完了汤，将汤碗推到一边，身体前倾，将手肘靠在桌子上。

“不常来，不。”她摇了摇头，“我同事玛莎讨厌独自一人留在图书馆，所以我通常在那里吃午餐。”

“除了你爸爸忘记带自己午餐的时候。”

“是的，除了它。”

“他真的经常忘记自己的午餐吗？”他给了她一个好奇的表情，淡褐色的眼睛闪动着。

哈珀回了他一个好奇的表情：“是的。为什么这么问？”

“真的？”丹尼尔没有隐藏自己的失望，“因为我正开始觉得你是在找借口见我。”

“不可能。”她垂下眼睛，笑了起来。

丹尼尔笑了，但是他看起来似乎准备抗议她的反驳，这时候贝尔走过来为哈珀点餐。她是一位壮实的妇女，使用了家用染发剂染发，试图遮盖灰白色的头发，结果却染成了蓝色。

“汤怎么样？”贝尔问，拿起丹尼尔的汤碗。

“和往常一样美味，贝尔。”

“那么你应该更常来，”贝尔说，然后指着他纤细的身材，“你越来越消瘦了。你在船上都吃什么了？”

“远远没有你的食物美味。”丹尼尔承认。

“嗯，我倒有个好主意。我女儿的空调又坏了。她那个没用的丈夫不会修，而她有两个小宝宝在那个小小的公寓里。”贝尔说，“他们不像你或者我这样耐热。如果你今晚晃荡过去，帮她看看空调，我会将一大桶汤送到你家里。”

“成交。”他微笑着，“告诉你女儿我会六点左右过去。”

“谢谢。你真是一个甜心，丹尼尔。”贝尔朝他眨眨眼，然后转向哈珀，“您需要点什么？”

“只要一杯樱桃可乐。”哈珀说。

“一杯樱桃可乐，很快上来。”

“如果你想，除了可乐，你可以点其他东西。”贝尔离开去点单后，丹尼尔告诉哈珀，“关于必须点相同价值的东西，我只是开玩笑。”

“我知道。我只是不怎么饿。”事实上，因为想到卢克，她的胃仍然揪成一团。来这里后，胃好受了一些，但是胃口没有恢复。

“你确定？”丹尼尔又问了一遍，“有的女孩在她试图获得好感的男孩面前不吃东西，你不是那种女孩吧？”

哈珀嘲笑着他的推测：“首先，我没有试图获得你的好感。其次，我绝对不是那种女孩。我只是不饿。”

“给，”贝尔说，将玻璃杯放在桌子上，“你还需要点什么吗？”

“不，我们不需要了，谢谢。”哈珀对她笑了笑。

“行。如果你们需要什么就告诉我。”贝尔轻轻拍了拍丹尼尔的手臂，然后又给了他一个感激的微笑后离开了。

“顺便问问，那是怎么回事？”哈珀低声问道，倾身到桌面对面，这样贝尔不会无意中听到她的话，“你获得的报酬是汤吗？”

“有时候。”丹尼尔耸耸肩，“我是那种杂活工，我猜。我做一些零活儿。贝尔的女儿没有很多钱，可以的话，我会帮帮忙。”

哈珀打量了他一会儿，试着了解他，然后开口道：“你真是好心。”

“为什么你听起来这么惊奇？”丹尼尔笑道，“我是一个好人。”

“不，我知道。”她摇摇头，“我不是那个意思。”

“我知道，”丹尼尔说，看着她喝饮料，“那么，你通常不离开图书馆吃午饭，而你今天在不饿的情况下为什么来这里？”

“我只是需要休息休息。”她没有正视他，而是盯着他浓黑的枝形文身，文身爬过他T恤衫的袖子沿着胳膊一路向下，“我的一个朋友失踪了。”

“你怎么啦？”丹尼尔取笑她，“先是你妹妹失踪，现在是你朋友。”哈珀难过地看了他一眼，他的笑容消失了，“对不起。发生什么事了？”

“我不知道。”她摇了摇头，“他其实是一个朋友的朋友，但是我们约会过几次。他周一的时候失踪了。”

“哦，他是那个报纸上报导的孩子吗？”丹尼尔问道。

“是的，”哈珀点点头，“我来这里之前刚刚看到报纸，我需要……不再想这件事。”

“我很抱歉提起这件事。”

“不，没关系。你不知道。”

“对了，你的妹妹怎么样？”丹尼尔问道，换了一个话题。

“很好，我觉得。”哈珀说道，朝他苦笑一下，“那天你帮忙找到她，我甚至都没有好好地谢谢你。”

“你已经谢过我了。”他对她的道歉挥挥手，“我很高兴她没事。吉玛看起来是个好孩子。”

“她以前是，”哈珀同意，“但是现在我根本不知道她发生了什么。”

“我肯定她会没事的。你把她照顾得很好。”

“你说得好像我是她妈妈。”哈珀笑道，带着点不自在。丹尼尔只是看着她，耸耸肩，“你觉得我像她妈妈？”

“我觉得你不像十八岁。”他澄清道。

她生起气来，好像指责她做了什么可怕的事情。“我有许多要担心的事情。”

“我知道。”他点点头。

哈珀揉了揉脖颈，不再理他。透过餐厅窗户，她可以看见街道对面的图书馆，她想着不知道玛莎支撑得怎么样。

“我应该回去了。”哈珀说道，把手伸到口袋里掏钱。

“不，不。”丹尼尔摆摆手，“我来付。你不用管了。”

“但这是我欠你的午餐，补偿你的冰激凌。”

“我只是开玩笑。我来买单。”

“你确定？”哈珀问。

“是的，”他说，嘲笑着她一脸愧疚的表情，“如果它让你这么烦恼，我下次会让你买单的。”

“要是我们再也不在一起吃饭呢？”哈珀问，疑惑地扬扬眉毛。

“那就算了呗。”他耸耸肩，“但是我觉得我们会。”

“好。”她说，因为她没有其他好说的，“谢谢你的可乐。”

“不客气。”丹尼尔说，看着她站起来。

“改天见，如果可能的话。”

他点点头，对她轻轻挥手。当她走出门时，她听到贝尔问他是否想要点派。哈珀穿过街道，走回图书馆，她忍不住想回头看他。

# 第十三章
# 叛　逆

那件事情发生以后，吉玛忏悔的一部分行动，就是帮助哈珀做清洁。其实并没有专门指定这是对她的惩罚，但是这帮助吉玛减轻了她的愧疚，那天她将哈珀和父亲都吓坏了。

从哈珀平时的抱怨来看，吉玛以为清洁浴室是她最不喜欢的家务。所以，吉玛主动提出她来接手。不过，花了五分钟擦洗掉马桶内部的污垢后，她真的开始后悔了。

当她开始清洗浴缸时，她才意识到马桶还不是最糟糕的，浴缸的排水孔更令人恶心。哈珀一直声称主要是吉玛的头发将排水孔堵住了，但是吉玛不相信，直到现在她终于相信了。

幸运的是，她戴着厚厚的黄色清洁手套，否则她是没有办法搞定的。她拉出一长串结成绳状的湿头发，看起来像极了落汤鸡，吉玛注意到有东西在灯光下闪闪发光。

她小心翼翼地，从缠结的头发团里取出它，当她看清这是什么东西的时候，她扔掉了湿头发团。这又是一片她曾在丝网里发现过的奇怪的彩色鳞片。她几乎已经忘记了上次的鳞片。或者至少她试着忘记。

吉玛在浴缸里坐下，背靠着浴缸边缘，低头凝视着戴着手套的手掌上的巨型鳞片。

她身上肯定发生过什么奇怪的事情。自从上次她喝了那个瓶子里的酒后，有些东西感觉……变了。

并不全是不好的东西。事实上，吉玛根本想不出任何不好的变化。

她的身体愈合得很快，快得不可思议。身上所有瘀伤和切口在短短二十四个小时全部消失了。

今天游泳训练时，她刷新了时间纪录。利维教练对她的速度完全惊呆了。最奇怪的是她事实上不得不控制住速度。她担心如果自己以最快的速度游的话，教练会认为她服用了什么药物。

当她待在游泳池的时候，她的皮肤又发生了同样的事情。那种奇异的感觉，仿佛蝴蝶扑扇着翅膀从她的大腿飞到脚趾。但其实这是一种愉悦的感觉，所以她没有介意。

既然一切都是好事，她在担心什么呢?

除了……并非一切都是好事。虽然她非常希望不再介意咬了亚历克斯嘴唇这件事，但是她办不到。她从那之后没有跟他说过话。也许他只当这是一时亲热，某种变态的情趣。但是其实不是这样。

当她吻他的时候，她变得那么饥饿。她从未感到过的一种饥饿。这种饥饿一部分是性欲，就像她想吻他，与他做爱。但是另一部分是生理上真正的饥饿，这是为什么她咬了他。

这才是让她害怕的。她体内的饥饿。

吉玛走出浴缸，将鱼鳞冲下马桶。她觉得有些地方很不对劲，必须停止这一切。

“哈珀?”吉玛说着将头探进姐姐的房间。

“什么事?”哈珀懒洋洋地躺在床上，手中拿着她的电子书。

“我能和你谈谈吗?”

“可以，当然可以。”哈珀将电子书放在一旁，将身体坐直一点，“哇哦。你在浴室里做了什么事吗？”

“呃……怎么啦？”吉玛站在门口，“你是什么意思？”

“你看起来……很好。”哈珀说，想不到更好的词来形容。

吉玛低下头将自己审视一番，明白了哈珀的意思。她今天已经注意到了。她的皮肤更光滑了，看上去几乎在发光。她已经不能算是那种平常的美丽，而是变得几乎超自然的美丽。

“我只是用了一种不同的护肤霜。”吉玛耸耸肩，试着一笑而过。

“真的吗？”哈珀问道。

“实际上，不是。”吉玛叹口气，揉揉额头，“这正是我要找你谈的。”

“你来找我谈护肤霜？”哈珀扬扬眉。

“不，不是护肤霜的事。”

吉玛走过去，挨着姐姐坐到床上。她不知道为什么这么难以告诉哈珀她身上正在发生的事情，只知道她听起来会像一个疯子。

“怎么了？”哈珀问道。

“我不知道怎么解释，”吉玛终于说道，“但是……我有点不对劲。”

“与那天晚上有关，是吗？”哈珀问道，“你和佩恩那几个女孩外出的那个晚上？”

“是的，可以这样说。”吉玛皱起眉头。

“外出聚会是完全正常的，”哈珀说，努力让自己的语气舒缓，“我的意思是，你不应该在外面喝酒，当然这也不算什么大不了的事情。我知道我有时候可能对你很严苛，但是……”

“不，哈珀，我不是内疚。”吉玛挫败地叹口气，“我真的有些地方不对劲。细胞层面的那种。”

哈珀将身体后倾一点，重新审视了吉玛一遍：“你生病了吗？你看起来不像生病了。”

“不，我感觉很好。事实上，从未有过的好。”

“我不理解。”

“我知道你不明白。”吉玛摇了摇头，盯着她的腿，“但是有些事情很不对劲。”

一阵响亮的敲门声从前门传来，不是敲门，而是猛烈的敲打。哈珀瞟了一眼卧室门，迟疑着不愿意停止与吉玛的谈话。但是布莱恩一般工作到很晚，应该不是他，而敲击变得更加执着。

“抱歉，”哈珀站起来对妹妹说，“我会很快回来。不管是谁，我会让他离开，然后我们可以谈谈。”

“好的。”吉玛点点头。

哈珀边跑下楼梯，边朝门外不知是谁喊着，让他们别着急，吉玛则重重地倒在床上。她凝视着头顶的天花板，努力思考着如何告诉她的姐姐她觉得自己正在变异成某种怪兽。

“你们来这里干什么？”哈珀在楼下呵斥，吉玛留神倾听。

“我们到这里找你妹妹谈话，”有人回道。性感的娃娃音是不会弄错的，佩恩在她们的前门。

吉玛瞬间坐直身体，心脏在胸膛扑扑地狂跳。她有点害怕，就像以往她对佩恩的惧怕一样。但是她同时感到异常兴奋。佩恩的声音吸引着她，那种吸引前所未有，几乎仿佛是在召唤她。

“你不能见她。”哈珀说。

“我们只是想跟她聊聊。”佩恩声音甜美。

“只一会儿。”莱西帮腔，还是像以往那样吟唱的语调。

“不行，”哈珀说，但是她的语气不像刚才那样坚定，“你们不是她的朋友，你们再也不能和她说话。”

吉玛跳下床，跑下楼梯，但是中途停下来。从她所处的有利位置，可以看见她们站在门口。只有佩恩和莱西站在门外，哈珀死死堵着道，不放她们进来。

看着佩恩和莱西，吉玛突然意识到她开始像她们。不是长得像她们，因为佩恩和莱西看起来明显不同。但是她们身上有种特质，一种非同寻常的风情。她们完美无瑕的棕色皮肤似乎在发光，仿佛她们被自己的美丽照亮了。

“嗨，吉玛。”佩恩说道。她黑色的眼睛注视着吉玛，充满诱惑，让她无法拒绝。

“吉玛，回楼上去。”哈珀看了她一眼，“我马上让她们离开。”

“不，不要。”吉玛迅速说道，但是她的声音那么轻，她很惊奇有人听见了。

“吉玛，你在禁足中，”哈珀提醒她，“即使你希望见她们，你也不能。相信你也不希望看见她们。”

“不要告诉她她想要什么，”佩恩说着，声音里带着一丝敌意，“你不知道她想要什么。”

“现在，我不管她想要什么。滚出我的房子。”

“哈珀，不要再说了，”吉玛说着走下楼梯，“我需要跟她们谈谈。”

“不！”哈珀喊道，她被这个想法完全震惊了，“你不能跟她们谈。”

“我需要。”吉玛坚持。她艰难地咽了口口水，看向佩恩和莱西。

她们对她做了些什么。正如她正站在那里这个事实一样确定，她知道不管自己身上正在发生什么事情，她们都是应该负责的。换句话说，她们知道如何解决它，或者至少知道如何应对它。吉玛必须与她们交谈找到真相。

哈珀试着关上门，但是佩恩的手臂瞬间伸出来，将门猛地推开。佩恩朝哈珀笑着，带着挑衅，露出了太多牙齿。

“对不起，”吉玛认真地说，“我必须走。”她从佩恩推开的缝隙里溜出去，走到外边。

“吉玛！”哈珀喊道，“你不能去！我禁止你去！”

“你愿意禁止就禁止，但是我要去。”吉玛说道，莱西挽住她的胳膊，带着某种统一战线的情谊。

佩恩站在哈珀和吉玛之间，吉玛可以从姐姐的表情看出来她正在考虑是否要与佩恩争吵。哈珀接着却转向吉玛，吉玛给她一个恳求的表情。哈珀的眼神从激烈变得破裂。

“吉玛，”哈珀又说，这次更加无助，“赶快进屋吧。”

“对不起。”吉玛摇摇头，与莱西一起往后退向停在她们房子前面的一辆车，“我晚点回家。”她等了一会儿又说道，“别担心。”

“我们会好好照顾吉玛的。”佩恩向哈珀保证，仍然带着大大的笑容。

“吉玛！”哈珀叫喊着，吉玛与莱西一起坐进后座，佩恩在她上车后关上了车门。

希雅正坐在驾驶座上，仿佛她正等着抢劫银行后逃跑，佩恩随后坐到了副驾驶上。

她们开始驶离时，吉玛注视着窗外，看着她的姐姐站在门前的台阶上。她抬头望向隔壁亚历克斯的房子，他卧室的窗户在渐暗的天空下发出黄色的光芒。

她将视线移开，在后视镜里与佩恩的视线撞在一起。

“你是什么人？”吉玛问道。

“还不到时候，”佩恩微笑着，“等等，先到花岛湾。然后会告诉你我们到底是什么人。”

吉玛一直纳闷佩恩、莱西和希雅是怎么到海湾的，事实上她迫不及待地想知道。希雅围绕着花岛湾开车，前往海岸的另一边。

她将车停在一片柏树林后边，一个砾石铺就的停车场，女孩们都下了车。

吉玛注意到她们都将鞋子留在了车上，如果她离开家之前记得穿上鞋，她也会做相同的事情。

她们走在树林里一条踏出的小路上，都没有怎么说话。月亮几乎是满月，月光照耀着她们，但是除此之外，没有一点光。

吉玛的心脏继续剧烈跳动着，她不是十分确定跟她们一起走是不是对的。她也知道这很危险，尤其是在上次与她们一起时发生事情之后。

但是她有种感觉，如果她们真的想杀她，她应该已经死了。她们是唯一知道她身上发生了什么事的人，她不得不冒险与她们一起走，找出真相。

当她们来到一个陡峭的、遍布岩石的斜坡前，吉玛过了一分钟才意识到她们正在花岛湾上海湾的背面。她希望女孩们告诉她某个隐蔽的入口，允许她们进入海湾而不弄湿，但是她们开始攀爬岩石崖面。

“你们指望我能爬上去?”吉玛问，盯着几乎垂直的崖面。她看不见任何抓牢或放手的地方，而且她也没有多少攀登的经验。

“你能做到。”莱西向她保证，而佩恩开始爬上海湾的顶端。

“我真的觉得我做不到。”吉玛摇了摇头。

"你会惊讶自己现在能做到的事情。"莱西笑着。然后，没有等着看吉玛是否跟上，她开始攀登。

佩恩、莱西和希雅都敏捷地向上移动着。吉玛稍作思考，也跟着她们向上攀登。这对她出乎意料地容易。并不是她真的变成了更好的攀登者，而是她变得更快、更强壮、更灵巧。她还是下滑了几次，但是很容易就恢复了。

当她到达顶部的时候，佩恩站在崖边，面向花岛湾，因此海湾的入口在她下方。在这么高的地方，风更加强劲，抽打着女孩们的头发。

"我们在这里做什么?"吉玛问道，走近她。

"我想告诉你我们是什么。"佩恩说。

"你们是什么?"

"和你一样。"佩恩面向她，微笑着。

吉玛用力咽了一下："那是什么?"

"你会知道。"佩恩说道，话音刚落，她伸出手，将吉玛推向崖边。

吉玛摔下悬崖，尖叫着，胡乱挥舞着她的双臂。从那么高的地方跌落，即使是落到水中，也是危险的，这还是假设她会避开任何岩石。

当她撞击到水面，感觉就像撞击到地面一样。她的背受到猛击，撞得她喘不过气来。她沉到水下，胳膊猛撞到岩石上。鲜血从手臂流出，海盐刺痛了她的伤口。

她拼命向水面打水，想用游泳战胜全身难以承受的疼痛。但是跌落让她迷失了方向，水底太黑暗，她甚至分不清上下。她不知道往哪里游，而她的肺热切渴望氧气。

但是正当她挣扎的时候，她感觉到一种突然的变化。这种感觉与她在淋浴时和在泳池里感觉到的一样，只是这次更强烈。它传遍了她的整条腿，在她的皮肤上颤动。

胳膊上的疼痛开始消失，取而代之的是一种刺痛的感觉，与通过四肢的那种感觉没有多少不同。

她的身体感觉很好，事实上比以前更好，要不是她正在溺水，她应该会为此高兴。但是她现在的处境不允许她多想，她只希望能够大口地喘气。她的身体本能地吸气，她本来以为肺部会充满水……但并没有，当她吸气时，她吸入了空气。

她可以在水下面呼吸。

吉玛眨眨眼睛。她甚至可以看见水下的情况，即使光线灰暗，也不是模糊不清的。她的视力比在陆地上的时候更好了。

然后她看见一阵水花溅起，莱西跳进了花岛湾中，就在她前面。她的身体被白色泡沫包围了片刻。当泡沫消失后，莱西在她前面游着，她金色的头发漂浮在她周围，像一圈光环。

莱西朝她笑了笑，吉玛看见莱西的腿不见了。她有一条长长的尾巴，像鱼的尾巴。她的上半身仍然是人类的身体，胸部穿着颜色鲜艳的比基尼。

吉玛低头看看自己，发现她也有相同的鱼尾，上面覆盖着虹彩绿的鳞片。她的短裤撕裂，从中间裂开，从这里开始她的双腿融合在一起，围绕在腰部的东西像一条腰带。

这时吉玛尖叫起来，而莱西只是微笑。

# 第十四章
# 真 相

“我是美人鱼?”吉玛浮出水面后问道。

也许她也能在水底说话，但是她觉得夜晚的空气可以让她头脑清醒，以免这一切只是药物引起的幻觉。毕竟，这不是第一次佩恩偷偷塞给她什么东西。

“不完全是这样，”佩恩说道，将贴在脸上的乌黑头发划到脑后。她和希雅紧随莱西跳到了水里，因此现在她们四个都漂浮在海湾里。“我们是海妖。”

“有什么不同?”吉玛问道。

“嗯，首先，美人鱼不存在，而我们存在。”佩恩微笑道。

希雅翻了翻白眼，又潜回水底，好像游开了。

“我待会再给你解释一切，”佩恩说，“现在，你何不用你的新身体出去游游泳呢?你游完后，我们有很多的时间交谈。”

“我……”吉玛想知道她是什么，真的需要知道。

但是她可以感觉到下面的尾巴，嗖嗖地拍打着水面。透着强健和敏捷，几乎迫切渴望着游泳。

至少现在她知道部分真相了。她知道她们是什么，她们哪也不会去。吉玛没有再说话，跃入水底。

这比她所想象的任何事情都美好。她移动得很快，比她能想到的还要快。她在海底疾驰，追赶着鱼儿。超赶鲨鱼应该也是易如反掌的事情，她甚至希望能够找到一只鲨鱼，这样她就能验证一下。

这是她体验过的最令人惊奇、最令人振奋的感觉。她的皮肤如此敏感，达到了令她无法想象的程度。水流中的每一次移动、每一个颤抖、每一次改变都迅速传遍她全身。

她向海洋底部游近，直到再也不能往下，接着她冲上水面后再次跃入水中，像海豚一样在空气中翻转。

“嘿，悠着点，”佩恩说道，“我们不需要将注意力吸引过来。”

佩恩坐在岩石嶙峋的海湾边缘。她拽出她的尾巴，蜷曲在地面上。就在吉玛的眼前，鳞片泛起阵阵涟漪，从虹彩绿变成了佩恩肌肤的金棕色。尾巴分成两条腿，佩恩站了起来。腰部以下她完全赤裸，吉玛快速将眼睛移开。

“不要害羞。”佩恩笑道。

她走开了，在靠着一个洞穴墙壁的包里掏起来。从眼角的余光，吉玛看见佩恩穿上一条短裤和背心裙。

“我们也为你准备了衣服，”莱西边从水中爬出来边说，“你不需要担心。”

希雅跟在莱西后面爬出了水面，吉玛等她们三人都穿好衣服后才爬出来。她迅速向后退回海湾，岩石刮擦着她的鱼尾。她拉出尾巴，尾巴重重在地面拍打了一会儿，然后一阵熟悉的震颤传来。

当她的尾巴开始变回双腿时，她双手抚过尾巴。她甚至能够感觉到鳞片在她手指底下变化。

“真是不可思议，”吉玛吸了口气，惊讶地注视着她的皮肤，“这怎么可能？”

“盐水的关系。”希雅回答着，扔给她一件背心裙。

吉玛接住背心裙，站起来。她还以为双腿会突然变成尾巴，但是它们强健地站在那里。她急忙套上裙子，穿在背心外面，踢掉已经撕坏的短裤。

“嗯，不仅仅因为盐，”佩恩纠正她，“你可以将盐加进淡水里，但是这没有什么用。原因是大海。在普通的水里，你可能会有所感觉，但是只有在海洋里，你才能变形。”

“但是……要是我没有变形呢?”吉玛问道，“要是我没有变成海妖，我可能会死掉的。”

“你现在好好的。”希雅说。她在海湾中央蹲下，开始生火。

“要是你背朝下跌入大海，当然会痛，”莱西咯咯地笑着，“你应该头朝下跳入水中，笨蛋。”

“我不知道这点，是你们推我的。”吉玛瞪着佩恩，“你们为什么不直接告诉我到底发生了什么?”

“那会破坏所有乐趣的。”佩恩冲她眨眨眼，仿佛她说的只是一个私下的笑话，而不是吉玛的濒临死亡。

希雅一直在生着的火突然熊熊燃烧起来，黑暗的崖穴里充满了温暖的火光。佩恩坐在火焰附近，伸展开修长的双腿。莱西坐在她旁边，而希雅看起来很愿意跪在凹坑前添加柴火。

“这一切都是你们干的，”吉玛说道，但是她的语气并没有带着指责。她并不确定她们到底对她做了什么，因为她不知道这是一份礼物还是一个诅咒。到现在为止，这似乎更像是一份礼物，不过她仍然不相信佩恩，“你们把我变成了这种海妖或者其他什么东西。为什么?”

“嗯，这是问题的关键，不是吗?”佩恩笑道。

“你何不坐下?”莱西拍拍她身旁的地面，“这是一个很长的故事。”

吉玛没有动，站在崖穴口边。花岛湾中的水波拍打着海岸，船只的引擎声在远处嗡嗡作响。她凝望着远处夜晚的海面，开始渴望着回到大海里。

上一次她外出来到这里时，佩恩几乎杀死她，而仅仅几分钟以前，佩恩将她从悬崖顶推下来。这让她难以承认她们同时也带给了她生命中最精彩、最令人振奋的体验。

作为海妖，游泳是她迄今为止体验过的最美妙的感觉。即使当她站在那里，双臂抱胸，海水从她的皮肤上滴落，她也渴望着回到水中。

吉玛用尽最大努力才强迫自己待在海湾上，听她们要讲的话。但是她无法再向海湾里面走近一步，那会更加远离仿佛在对她歌唱的海水。

“随便你。”吉玛拒绝移动时，莱西耸耸肩。

“这其实是一个很长的故事，”佩恩说道，“要回溯到当世界还年轻，而神和女神们仍然自由地生活在凡人之中的时候。”

“神和女神？”吉玛扬扬眉头。

“你怀疑？”希雅笑起来，冷淡、尖锐的声音回荡在穴壁之间，“你的双腿刚刚变成了鱼尾，可是你却怀疑？”

吉玛垂下眼睛，什么都没有说。希雅说得对。经历了她过去几天看到的和感觉到的所有事情之后，她会相信她们所说的一切。她没有选择，真的。要解释正在发生的这些超自然的事情，任何回答必将超出她理智的范围。

“神经常生活在地球上，有时候帮助人类生活，有时候仅仅是看着他们的悲欢离合来自娱自乐，”佩恩接着说，“阿刻罗俄斯便是这其中的一位。他统治着所有的淡水，这些淡水滋养着地球上的所有生命。神是他们那个时代的摇滚明星，通常拥有许多情人。阿刻罗俄斯与许多缪斯有染。”

“缪斯？”吉玛问道。

“是的，缪斯。”佩恩耐心地解释，“她们是宙斯的女儿，她们的出生是为了启迪和吸引凡人。”

“那么，这是什么意思？”吉玛向篝火靠近一点，在一块大岩石上坐下，“身为缪斯必须做什么？”

“你听说过贺拉斯的《颂歌》吗？”佩恩问道，吉玛摇摇头。

“我没有在高级英语班，不过我听说过荷马的《奥德赛》。”

“《奥德赛》，”希雅嘲笑道，“荷马是白痴。”

“别理她。她只是因为被完全从《奥德赛》里漏掉而愤愤不平。”佩恩挥手示意不要管她，“回到你的问题，缪斯帮助贺拉斯创作他的一些散文诗。她们不是自己亲自创作，但是却给他灵感和动力进行创作。

“我想我懂了。”不过吉玛仍然皱着眉头，仿佛没有完全明白。

“不管怎样，缪斯的工作不重要，”佩恩继续说道，“阿刻罗俄斯与歌神缪斯有一段风流韵事，他们一起孕育了两个女儿，忒希皮雅和阿伽洛佩。后来他又与舞蹈缪斯交往，他们有一个女儿，佩茜尼罗。

“那些真是荒谬的名字，”吉玛评论，“那时候难道没有人叫玛丽或者朱迪吗？”

“我知道，对吧？”莱西笑起来，“现在拼写简单多了。”

“虽然她们的父亲是神，但是忒希皮雅、阿伽洛佩和佩茜尼罗是他与仆人发生关系后的私生子，所以她们成长起来后一无所有。”佩恩继续说道。

“等等。缪斯是仆人？”吉玛问道，“但是她们的父亲是宙斯。他不是最强大的神之类的吗？她们不应该是王后吗？”

“你可能会这样想，但并不是，”佩恩摇了摇头，“缪斯是被创造出来服侍男人的。是的，她们漂亮、聪慧，拥有无法衡量的天赋。受到她们启迪的人们尊敬她们、崇拜她们，但是最终，她们只能终日为饥饿的艺术家和诗人工作。她们过着放荡不羁的生活，满足着男人的欲望。当诗人们完成了他们的十四行诗，艺术家们完成了他们的绘画，缪斯女神们将会被抛弃和遗忘。

“她们名字好听，其实不过是妓女。”希雅总结道。

“正是，”佩恩同意，“阿刻罗俄斯拒绝承认他的这些女儿，她们的母亲则忙于服侍男人。忒希皮雅、阿伽洛佩和佩茜尼罗不得不自己照料自己。”

“忒希皮雅尽力照顾她的小妹妹们，”希雅插嘴道。她冷酷地看了佩恩一眼，火光舞动着，在她可爱的面容上投下阴影，让她看起来几乎如恶魔一般，“但是佩茜尼罗从来没有满意过。”

“住在街道上怎么能让人满意。”佩恩将注意力从吉玛身上转到希雅，淡然地与她的目光相接，“忒希皮雅已经尽力了，但是挨饿总归是不好的。”

“她们没有挨饿！”希雅呵斥，“她们有工作！她们本来可以自己谋生！”

“工作。”佩恩翻翻白眼，“她们是仆人！”

莱西和吉玛迷惑地看着佩恩和希雅之间的交谈。两个女孩隔着篝火盯着对方，一时之间，她们都不发一言。空气中的火药味太重，吉玛不敢打破沉默。

“那是很久之前了。”莱西平静地说道。她紧挨着佩恩，几乎崇拜地凝视着她。

“是的，很久了。”佩恩同意，终于将死亡般的凝视从希雅身上移开，重新望向吉玛，“她们在街道上几乎饿死。忒希皮雅也知道。那正是为什么她去找她的父亲，求他帮忙找工作。”

“那时候她们已经长大，开始吸引男人们的目光。”佩恩继续，“这三姐妹从她们的母亲那里继承了许多天赋，包括她们的美貌以及歌曲和舞蹈天赋。”

“忒希皮雅认为诚实工作是摆脱生活困境的最佳途径，”希雅加入谈话中，语气比刚才理性得多。她声音中的愤怒已经消失不见，她只是叙说着与佩恩相同的故事。“另一方面，佩茜尼罗认为婚姻是逃离的方法。”

“那是个不同的时代，”佩恩解释道，“妇女没有现在拥有的这些选择和权利。找一个男人来照顾你是唯一的出路。”

“那只是部分原因。”希雅摇了摇头，“忒希皮雅年纪最大，有更多生活体验。而佩茜尼罗只有十四岁，她仍然充满浪漫主义幻想。她相信如果她堕入爱河，肯定是一位王子让她神魂颠倒。”

“她很年轻，很愚蠢。”佩恩说，几乎是自言自语，接着快速摇摇头，“阿刻罗俄斯为女儿们找到的工作是为珀尔塞福涅当侍女。侍女就是仆人，帮助一个被宠坏的调皮孩子穿衣和打扫。”

“哦，她不是一个被宠坏的调皮孩子。”希雅严厉训斥道。

“她是，”佩恩坚持，“她很可怕，不断地招待着追求者，阿刻罗俄斯的女儿们本来应该有自己的侍女。这真是令人痛恨，但是珀尔塞福涅从来不在乎。她只是不断差遣她们，仿佛她嫁给了宙斯一样。”

“跟吉玛讲讲莉盖亚。”莱西建议，这让吉玛想起小孩每晚总是要求父母给他们读相同的故事，虽然他们知道所有内容。

“当忒希皮雅、阿伽洛佩和佩茜尼罗开始为珀尔塞福涅工作时，莉盖亚已经是她的侍女了，”佩恩说，莱西对她微笑，“莉盖亚拥有最美丽的歌喉。那确实是任何人从未听过的最动听的声音。”

“作为仆人，莉盖亚其实做的工作很少，”佩恩说遣“她大部分时间都在为珀尔塞福涅唱歌，但是没有人在意，因为她的歌声如此迷人。这让一切看起来更加美好。”

“但是并不是只有工作，”佩恩继续，“四个女孩都只有十几岁，需要乐趣。只要逮住机会，她们会逃离苦役，到大海里游泳、歌唱。”

“莉盖亚的歌声会赢得听众，”希雅说道，“她和阿伽洛佩通常坐在海岸上树林的边缘，一起齐声欢唱，而忒希皮雅和佩茜尼罗则会游泳。”

“但是不仅仅是游泳，”佩恩解释道，“是令人着迷的水下舞蹈。她们像莉盖亚和阿伽洛佩一样，呈现的是一场表演。”

“是的，游客们会过来观看，”希雅同意，“她们甚至吸引了波塞冬等神的注意。”

“波塞冬是海神，”佩恩解释道，“佩茜尼罗天真地以为她的泳姿可以诱惑波塞冬，他会爱上她，将她带走。”

“也许他确实爱上过她。”佩恩擦去腿上的沙子，凝视着火焰，“多年来，许多男人甚至一些神爱上过她。但是最终，这都无关紧要。这不够。”

“珀尔塞福涅已经订婚，即将结婚，”希雅说，回到故事上来，“她有许多事要做，但是她的四个侍女没有给她帮忙，她们都跑出去，到大海里游泳和歌唱。波塞冬邀请她们出去，而佩茜尼罗肯定这天波塞冬将会向她求婚。如果她能足够打动他。”

“不幸的是，刚好也是在这天，有人决定绑架和强奸珀尔塞福涅，”佩恩说道，“侍女本应该照顾她，但是她们却不在她身边，甚至远得听不到她的尖声惊叫。”

“她的母亲德墨忒尔是一位女神，她很生气。”希雅说，“她向阿刻罗俄斯告状，控诉他的女儿们没有保护好珀尔塞福涅。但是因为阿刻罗俄斯比德墨忒尔更强势，她必须得到他的允许后，才能对忒希皮雅、阿伽洛佩、佩茜尼罗和莉盖亚施加惩罚。”

“佩茜尼罗知道她们的父亲不会保护她们，正如她们的整个生命中他从未在乎过她们一样，因此她去找波塞冬，求他出面。”佩恩说，“她恳求他，愿将自己的全部无条件地献给他，只求他能够帮助她和她的姐妹。”

接下来是长时间的停顿，所有人都不发一言。吉玛身子前倾，双臂放在膝盖上，聚精会神地听着，不愿漏掉一句话。

“但是他没有帮忙，”佩恩如此轻声地说着，吉玛在花岛湾边上几乎听不见。“没有人救她们。她们只有彼此可以依靠，过去如此，将来也是如此。”

“德墨忒尔诅咒她们陷入她们选择的生活，而不是保护她的女儿，”希雅解释道，“她让她们永生，这样，她们将不得不每天重演自己的蠢行，永无止境。她们热爱的事情将变成她们鄙视的事情。”

“什么事情？”吉玛问道。

“当珀尔塞福涅被绑架的时候，她们忙于调情、游泳和歌唱，”希雅说，“因此，这就是她们被诅咒将变成的样子。”

“她让她们部分是鸟形，拥有迷人的声音，没有男人能够拒绝，”佩恩说，“男人将被完全迷住，不得不追随它。”

“但是德墨忒尔同时让女孩们部分是鱼形，因此她们永远不能远离水边。当她们的追求者跟着她们的歌声追随而来时，追求者的船只将撞向海岸，他们将死去。”

“那当然不是诅咒最可怕的部分，”希雅带着扭曲的微笑解释道，“每个男人都将爱上她们动人的嗓音、甜美的容颜，但是没有人会超越这些。他们永远不会知道这些女孩真实的自己是怎样的，永远不会真的爱她们。四个女孩中任何一个都不可能真正堕入爱河，并被真正地爱着。

# 第十五章
# 记住我

佩恩和希雅沉默了一会儿，让吉玛慢慢消化这一切。但是很显然这是关于她们的故事。

“你们是这三姐妹?”吉玛一个一个指着她们，“佩茜尼罗、忒希皮雅和阿伽洛佩。”

“不全对。”佩恩摇摇头，“我曾经是佩茜尼罗，希雅曾经是忒希皮雅，这是对的。但是莱西是莉盖亚的替代者，莉盖亚许多许多年前去世了。”

“等等。莱西替代了你们其中一个?”吉玛问道，“为什么你们会有替代者?你们的另一个姐妹阿伽洛佩在哪里?”

“这是德墨忒尔诅咒的一部分，”希雅回答道，“我们选择了我们的朋友和姐妹，而不是她的女儿，那么我们必须总是与我们的朋友和姐妹待在一起。我们必须总是四个人，而且必须在一起。我们每次离开或者分开绝不能超过几周时间。”

“如果我们其中一人离开，她会死掉，而我们则必须找人替代她，”佩恩解释道，“我们必须在下次满月之前找到替代她角色的人。”

“我是阿伽洛佩的替代者。”突然意识到这点，吉玛苦涩地咽了咽口水，“要是我不愿意呢?”

“你没有选择。”佩恩摇了摇头，“你已经是海妖了。如果你试着离开，而不是加入我们，你会死去，而我们仅仅需要找人替代你。”

“怎么做到的？”吉玛问道，“我是怎么变形的？那个瓶子里的东西？”

“是的。那是一些东西的混合物。”佩恩小心翼翼地措辞。

“什么东西的混合物？”吉玛问道。

“你现在不用关心这个，”佩恩摇摇头，“你甚至不能理解它们是什么。这些迟早会解释给你。”

“为什么？”吉玛问道，声音里带着一丝陌生的战栗，“为什么选我？你们为什么想要我加入你们？”

“这不是很明显吗？”佩恩说道，“你很漂亮，你喜欢水，你无所畏惧。阿伽洛佩太害怕了，我们需要不同的人。”

“她不是害怕，”希雅反驳，“她是慎重。”

“她怎样并不重要，”佩恩厉声道，“她走了，我们现在有了吉玛。”

“所以……你们希望我就这样加入你们，抛下我所知道的一切，将我的全部生命用于唱歌和游泳？”吉玛问道。

“这听起来并不是那么可怕，不是吗？”佩恩问道。

“这其实很美妙，”莱西附和道，“一旦你习惯这种生活。这比凡人生活美好千万倍。”

“但是如果我……”吉玛垂下眼睛，声音逐渐减弱，她想起了哈珀、她的父母、亚历克斯。她抬起头，迎着佩恩的视线，“我不想这样。”

“那么你会死去，”佩恩说。她耸耸肩，装作毫不在乎的样子，但是她的声音尖锐，她的眼中怒火燃烧，“如果那是你想要的，那就这样吧。”

“吉玛，”莱西叹了口气，给了一个更温和的微笑，“我知道要考虑的事情很多，你不需要今天决定。一旦你有时间好好考虑，你会意识到这将是发生在你身上的最好的事情。”

“但是这是一个诅咒，”吉玛说，“德墨忒尔将你们变成海妖来惩罚你们。”

“这看起来真的像是惩罚吗？”佩恩狡猾地问道，“当你在水中时，不是带给你前所未有的兴奋感吗？”

“是的，但是……”

“德墨忒尔是个白痴，她失败了。”佩恩突然站起来，“她以为自己在施加惩罚，但是她让我们获得了自由。现在她的女儿已经去世很久了，德墨忒尔已经被彻底忘记，但是我们还在这里——像以往一样漂亮和强大，在她的‘诅咒’下活得有滋有味。”

“现在，请原谅，我想我已经表明了我的观点。”佩恩说，“加入我们或者不加入，活着或者死去，这都取决于你。坦白地说，我不在乎你选择哪个。”

“等等。”吉玛站起来，她的心怦怦直跳，但是佩恩没有理她，“佩恩，等等。我仍然有很多问题。”

佩恩将背心裙拉过头顶脱掉，跳进水中。希雅落后几步，紧跟着她跳进撞击着海岸的水波中。

莱西留下来片刻。她走到吉玛身边，将一只手放到她的胳膊上。

“去见见你的朋友和家人，”莱西告诉她，“将你的生活安排好。跟你需要说再见的一切说声再见。然后来加入我们。你绝不会后悔。”

莱西跳进花岛湾，与另外两个海妖游走后，吉玛考虑是否追赶她们。她现在速度这么快，或许可以追上她们。但是追上又如何？她还有很多问题没有弄清楚，需要时间好好思考一下。

她知道佩恩和希雅说的是事实，但是她不认为这是全部事实。她们显然遗漏了一些事情，她们也没有告诉她阿伽洛佩怎样了，只是说需要吉玛来代替她。

本应是德墨忒尔施加给她们的诅咒，却一点也说不通。她对她们做的一切听起来都没有那么糟糕。她们被赐予了永生、永恒的漂亮，只要她们愿意，她们可以像鱼儿一样游泳和呼吸。

这对吉玛来说简直是美梦成真。

她来到海湾口，坐下来，在边缘晃荡着她的双脚，让海水飞溅到她的膝盖上。她的皮肤颤动着，感到阵阵刺痛感，随着鳞片断断续续从皮肤中弹跳出来。她的脚趾伸展开来，变成透明的鱼鳍，在水中滑动。

她的身体没有完全淹没在花岛湾里，所以她没有完全变形。她的双腿仍然是腿，只是带着一些鳞片，但是她的双脚已经变成鳍足，而不是人类的脚。吉玛来回摆动着双腿，体验着冷水流过鳞片和鳍足的感觉。

她闭上眼睛，深深地吸了口气，满心充盈着此刻纯粹的愉悦。

虽然这感觉如此神奇，但是这一切看起来似乎如此不可思议，如此难以置信的完美，是否值得呢？放弃她知道和热爱的一切？抛弃她的姐姐、父亲和亚历克斯？

吉玛仍然双眼紧闭，滑下海湾边缘，将自己沉入大海，她还穿着海妖们给她的背心裙。她没有试着游泳——只是让自己下沉，沉入海湾底部。

吉玛感觉到双腿在变化，两腿融合在一起，形成一条尾巴。直到她能够在水中呼吸，她才睁开双眼，注视着周围的黑暗。

就在她即将触到海底之前，她甩动尾巴，开始向岸边游去。既然她现在似乎没有太多选择，她决定采纳莱西的建议。她准备回家，把事情理清楚。

她不想人们看见她，因此她游到了花岛湾最远的角落，这里岩石遍布。由于尾巴，她不得不肚皮朝下将自己拉到岩石上，岩石刮伤了她的皮肤和手臂。一旦她离开海洋足够远，她就等待着，惊奇地看着她的鳞片重新变回成皮肤。

幸运的是，她刚才一直穿着裙子，所以不必裸着回家了。她穿过几个街区，向她的家走去。她需要时间清醒头脑。

她没有直接回家，而是穿过小巷，来到亚历克斯家的后院。她偷偷靠近他的房子，尽可能地靠近，担心哈珀望向窗外时看见她。当她敲响后门时，她几乎将自己贴在他的房门上。

在她等待的时候，她的心脏怦怦直跳。她想见他，但是她又有点害怕见到他。

希雅的话萦绕在她脑海，关于海妖的真正诅咒。没有男人能够真正地爱她们。她记起前几天亚历克斯急切地吻她的样子，他眼神里的神魂颠倒。那不是她爱上的亚历克斯。那是一个中了海妖魔法的男孩，那个男孩无法真正地爱她。

吉玛继续等在亚历克斯房子外面。她几乎下定决心回家了，这时门开了。

“吉玛！”亚历克斯听起来吃惊而又宽慰。

“嘘！”她竖起手指放在嘴前，示意他安静，免得惊动哈珀或者她的父亲。

“你在做什么？”亚历克斯问道，“你没事吧？你全身湿透了。”

吉玛扫了一眼她的衣服。在她走回家的时候，衣服已经开始变干，但是因为她走得很快，所以没有足够的时间干透。

"是的，我没事。"

"你看起来很冷。你需要一件外套或者其他什么吗？"亚历克斯开始走回屋里去取东西来让她暖和起来，但是她抓住他的胳膊阻止了他。

"不，亚历克斯，听着。我只需要问你一些事情。"吉玛环顾四周，仿佛她以为哈珀会潜伏在某个角落里，"我们能聊一会儿吗？"

"可以，当然可以。"他走近她，将双手放在她胳膊上，紧贴着她赤裸的肌肤，这让她感到强壮而温暖，"发生了什么事？你看起来很慌乱。"

"我刚刚经历了人生中最令人惊奇、最可怕的一晚。"吉玛承认道，当她感到眼泪刺痛眼睛时，她很惊讶。

"为什么？发生了什么？"亚历克斯棕色的眼睛里满是担心。

他担忧的表情让他看起来比实际年龄大，更像有一天他将变成的那个人，当吉玛意识到自己不可能看见他老去的那天时，她的心开始隐隐作痛。他已经英俊得几乎有点过分了，而他对此一无所知，这让他更加有吸引力。

他比她高很多，几乎算得上耸立在她上方，他肌肉发达的体格让她感觉更加安全。他的眼睛——深褐色的眼睛传达出那么多的温暖和友善——让她知道他绝不会做任何伤害她的事情。

"没关系。"她摇摇头，"我需要知道……你喜欢我吗？"

"我喜欢你吗？"他的担心变成困惑的安心，他不自然地向她咧嘴一笑，"得了吧，吉玛，我认为你知道答案。"

"不，亚历克斯，我说真的。我需要知道。"

"是的。"他将她额头的一缕湿发捋到后面，眼神严肃，"我喜欢你。很喜欢，事实上。"

“为什么?”她声音沙哑，当她问出这个问题的时候，她几乎希望自己什么都没有说。

他的承认让她心花怒放，但是接着她的心因为害怕一阵揪紧。因为她不肯定亚历克斯是否知道为什么他喜欢她。

如果他是中了海妖的魔法，他将会只知道他渴望得到她，没有任何明显的理由。

“为什么?”亚历克斯笑了，摇摇头，“你问为什么是什么意思?”

“这对我很重要。”她坚持，她的语气让他相信这个问题多么重要。

“呃，因为。”他耸耸肩，发现难以找到正确的词汇，“你是如此、如此美丽。”听到这里她的心沉下来，但是他继续道，“而且你有一种古灵精怪的幽默感。你很可爱，很聪慧，难以想象地奋发努力。我从未碰到过像你这样坚定的人。任何你想要的，你都会得到。你对我来说是如此如此的完美，但是你却让我牵了你的手，即使在公共场合。”

“你因为我本身而喜欢我?”吉玛问道，抬头注视着他。

“是的，当然。否则我为什么喜欢你?”亚历克斯问道，“怎么啦?我说错什么了吗?你看起来好像要哭了。”

“不，你说的一切都是对的。”她朝他微笑，眼泪在眼眶里打转。

她踮起脚尖站起来，亲吻他。试探性地，他将她拥进怀里，随着她的吻更加深入，他将她抱离地面。她的双臂环着他的脖子，她几乎挂在他身上。

“吉玛!”哈珀从她的卧室窗口大叫一声，当吉玛意识到他们已经被发现时，她的心情一下子沮丧起来。

亚历克斯将她仰面放到地上，但是他们过了很长时间才从对彼此的纠缠中分开。他的额头抵着她的额头，而她的手放在他的脖颈处，手指埋在他的头发里。

“答应我你会记住这一刻。”吉玛低声说。

“什么?”亚历克斯困惑地问道。

“我，此时的我。真正的我。”

“我怎么会忘记你?”

亚历克斯还没有来得及问任何其他事情，吉玛就跑向了她的房子，没有回头。

# 第十六章
# "脏鸥号"

哈珀咬着嘴唇，注视着"脏鸥号"。她握着父亲皱巴巴的午餐袋已经在丹尼尔船前的码头上来回踱步了好几分钟。这是以前从未发生的事情，她不知道怎么办。

几乎每次她外出给父亲送午餐，丹尼尔似乎总会出现在外面，这样她总会撞见他。以前每次遇到的时候，她总是试着避开他，但是现在她真的想见他，而他却不在外面。

他的船没有真正的前门，因此她无法敲门。而站在码头大喊他的名字似乎又有点太过戏剧化。哈珀寻思她可以爬到船上，但是这似乎又太冒昧了。

事实上，她甚至不知道自己到底为什么想见他。部分原因是跟吉玛有关的事情都搞糟了，而哈珀却不能跟吉玛或亚历克斯谈。她遇到问题的时候，她通常都是去找这两个人谈的，因为玛莎一点也不善于倾听。

这听起来如此可怕。哈珀想见丹尼尔，因为她没有其他人可以倾诉她的问题。

但是接着哈珀意识到这也不是真正的原因。她并不是想向丹尼尔宣泄。这只是一个借口。她想见他，只是因为……她想见他。

她的胃一阵痉挛，决定直接走开。她需要给父亲送午餐，没有时间等丹尼尔。如果她直接离开会更好。

"就这样？"哈珀刚要走开，丹尼尔问道。

“什么事？”她突然停下来，转身面向他的船只，但是她没有看见他。她转过身，以为他肯定在码头上，但是哪里都没有他的身影。困惑地，她又转向他的船只，“丹尼尔？”

“哈珀。”他从船只阴暗的门廊里走出来，来到甲板上，“我一直站在那里，看着你在甲板上绕圈子，思考了这么久，你就要这样离开？”

“我……”当她意识到丹尼尔肯定一直就站在门里，看着她羞得满面通红，“原来你看见我了，为什么你不出声？”

“看着你太有趣了。”他咧嘴大笑，倚在栏杆上，向下望着她，“你刚才的样子就像一个发条小玩具。”

“现在没有人有发条玩具了。”哈珀讪讪地反驳。

“好啦。什么风把你刮到这里来了？”丹尼尔用手撑着下巴。

“我来给爸爸送午餐。”她举起皱巴巴的纸袋子。

在她等待的时候，她将袋子展开、重新卷起了十几次。现在，袋子底部的三明治肯定已经完全碎了。

“是的，我看见了。我希望袋子里没有他真的想吃的任何食物，因为现在它们肯定都看起来像婴儿食品了。”

“哦。”哈珀低头看了一眼袋子，叹口气，“我肯定没事。他什么都吃。”

“也许他可以在码头上弄点吃的，”丹尼尔建议，“就在船的旁边，有一个热狗摊。你爸爸在忘记带午餐的时候，可以在那里弄到午餐，花费不到三美金。”他停顿了一下，歪着头道，“但是你已经知道这点了，不是吗？”

“这里三美金，那里三美金，也能积少成多，尤其是他经常忘记他的午餐。”哈珀解释道。

“更不用说，那样的话你就见不到我了。”

“我没有……”她的声音弱下去，因为她今天显然是在等他，“那不是原因。我给他送午餐确实是为了帮他省钱。好吧，今天，这一次，我倒是希望遇见你，但是那就这么可怕吗？”

“不。那一点都不可怕。”他站直身体，指着他的船，“你想上来谈谈吗？”

“在你的船上？”哈珀问道。

“是的。在我的船上。这比高高在上地跟你讲话礼貌得多，不是吗？”

哈珀望向码头的另一端，她父亲工作的地方。她可能已经毁了他的午餐，而父亲也能轻易地弄到热狗。但是她仍然不那么确定是否要与丹尼尔一起待在他的船上。

是的，她想见他，但是到他的船上去，这似乎是在承认一些她不愿意承认的事情。

“哦，来吧。”丹尼尔靠着栏杆，向她伸出了手臂。

“你不是有着陆板之类的吗？”哈珀问道，看着他的手。

“是的，不过这样更快。”他向她挥挥手，“抓住我的手，来吧。”。

哈珀叹着气，抓住他的手。这是一只有力、粗糙的手，一个整个生命都在工作的男人的手。他轻松地将她拉上来，似乎她一点重量都没有。为了让她翻过栏杆，他必须将她搂入怀中，他抱着她，时间似乎有点长。

“你不是有 T 恤吗？”哈珀推开他，离开他赤裸的胸膛，问道。

他只穿着短裤和一双人字拖，哈珀跨步离开他后，故意不看他。她仍然可以感觉到他肌肤贴在她肌肤上的触感，因为阳光的直射而温暖。

“我的 T 恤以前砸过你的脸，记得吗？”丹尼尔问道。

“是的，记得。”她扫了一眼甲板，然后，她拿出午餐袋递给他："给你。"

"谢谢！"

他接过她手中的袋子，打开它，在里面搜寻起来，找到了黏在一起的火腿三明治、苹果片和一包泡菜。

"苹果片？"丹尼尔问，拿出来给她看，"你爸爸是一年级学生吗？"

"他有高胆固醇，"哈珀辩护道，"医生让他注意饮食，所有我才给他准备午餐。"

丹尼尔耸耸肩，仿佛他要么不相信，要么不在乎。他小心翼翼地，将所有东西从袋子里拿出来，要拿出三明治最困难，因为它已经被严重捣碎了。

然后，他将剩下的垃圾团成一团扔到码头上。

"嘿！"哈珀大叫，"你不需要这么浪费！"

"我没有。"他指着码头，码头上的海鸥正争抢着食物，"我喂养了这些鸟。"哈珀看起来仍然不高兴，他笑起来。

"我想是这样。"

"我们到甲板下面去说说话吧，"丹尼尔提议，"那里更凉快。"

没有等她抗议，他已经径直走下去了。她停顿了一会儿，不愿意跟着他。但是外面很热，再加上灼热的阳光，就更热了。

哈珀跟着他走下去，她注意到小船里很凌乱，但是不脏，这让她吃惊。他的东西确实到处都是，但是这很大程度上是因为小船的空间太小，他没有地方来安放任何东西。

"随便找地方坐。"他指了指他身边。

他的床是收拾得最整洁的地方，但是她不想给他错误的信号。她靠在桌子上，宁愿站着。

"我这样就好。"

“随便你。”丹尼尔坐在床上，双臂交叉在胸前，“你想谈什么？”

“呃……”哈珀一时之间无言以对，她也不知道自己到底想谈什么。她只知道自己想跟他聊聊。聊什么没有关系。

“吉玛最近没有来过，如果那是你想知道的事情。”丹尼尔说道，她很感激他提出了一个实际的话题，没有让她在那里张口结舌地看着他。

“很好。她不应该去任何地方，因为她禁足了。但是禁足其实并没有阻止她。”哈珀摇了摇头。

“她仍然偷偷溜到花岛湾去？”丹尼尔问道，但是他听起来并不惊讶，“你无法将那个女孩与水分开。要不是我很了解她，我想说她就像一条鱼。”

“我希望她只是去花岛湾，”她疲倦地承认，靠在座位上，“这我还能够处理。但是我甚至不知道她现在都在做些什么。”

“什么意思？”

“事情很古怪。那些女孩昨晚来我家找她，她……”

“哪些女孩？”丹尼尔问，“你是指佩恩？”

“是的，”她点点头，“她们来找她，我让她们走开。但是吉玛坚持要跟她们一起走。她从我身边挤过去，然后和她们一起离开了。”

“她自愿跟她们走？”他睁大了双眼，“我以为她怕她们。”

“我知道！我也这样以为！”

“那么发生了什么事情？”丹尼尔问道，“她昨晚回家了吗？”

“恩，几个小时后她回来了。”她的脸因为困惑皱成一团，摇了摇头，“但是这说不通。她离开家的时候穿着短裤和背心，但是回来的时候穿着一件我从未见过的背心裙，而且全身湿透。我问她做了什么，她就是不告诉我。”

“至少她安然无恙地回来了。”他说。

“是的。”哈珀叹口气，思考着，“她不是直接回家的。她先去了亚历克斯的家——亚历克斯是邻居家小孩，我想也可以说是吉玛的男朋友。我问他是否知道发生了什么事情，他说不知道。我相信他，只是我不知道我是否应该相信。”

“抱歉，”丹尼尔说，哈珀抬起头，惊讶地发现他是认真的，“我知道你在乎的人做一些鲁莽的事情会很难受。但是这不是你的错。”

“我知道。”她垂下眼睛，“这不像是我的错，但是……我必须保护她。”

“可是，你不能。”丹尼尔身体前倾，将胳膊放在膝盖上，“你不能保护人们免受伤害。”

“但是我必须努力。她是我的妹妹。”

丹尼尔舔舔嘴唇，垂下眼睛。当他将自己的双手紧握的时候，他大拇指上的一个厚厚的银指箍闪闪发光。他一时沉默不语，哈珀可以看出他正在为什么事情而纠结。

“你见过我背上的文身吧？”丹尼尔最后问道。

“是的。我不可能没见过。”

“你看出它遮盖着什么吗？”

“你是指你的背吗？”

“不是。是伤疤。”他转过身去，将他文身的肩膀和后背朝向她的方向。

给他文身的人干了一件漂亮的活。墨水是浓黑的，直到她到近处细看，才发现那些树枝不是描绘出阴影使它们看起来盘根错节，它们是沿着好几条长长的疤痕绘制而成。

不是所有的树枝都遮盖着伤疤，沿着他的脊柱的长长的、厚重的枝干看起来似乎就没有伤疤隐藏在下面。但是这已经足以说明他经历过一些事情。

“就在这里。”他偏过头，拨开头发。头发上方一英寸左右的位置，埋在他蓬松的发型下面，有一条粗大的粉红色伤痕。

“哦，天哪，”哈珀倒抽一口气，“发生了什么事情?”

“当我十五岁时，我的哥哥约翰二十岁。”丹尼尔动了下身子，重新正常地坐回座位，注视着窗外，“他任性鲁莽，无所畏惧，从来不会三思而后行。他会毫不顾忌地做任何事情。

“我一直跟着他。起初，是因为我以为他更酷、更大胆、更勇敢。后来，当我长大一点，我跟着他只是因为这样我能看着他。

“我的祖父有许多船，这是其中一只。”他指着身边的小船，“他喜欢水，认为小孩应该自由地在水中游荡。所以只要我们愿意，他都会允许我们把船开出去。

“就在那个晚上……”丹尼尔指指他的伤疤，“……约翰去参加了一个聚会，我跟着他。他喝醉了，完全烂醉。那并没什么反常的，因为约翰几乎总是醉醺醺的。

“聚会上他试着给几个女孩留下好印象，他想着如果能开船带她们出海，肯定会打动她们。他实在醉得厉害，我知道他无法开船了。如果我在那里，我可以控制船。这样一切就没有问题了。

“所以约翰与他约的两个女孩和我上了只小快艇。”他叹口气，摇摇头，“约翰不断加快速度。我让他慢一点。女孩们尖叫起来，我试着从他手上抢过控制盘。”他吞了口口水，“他却将船直直开进花岛湾末端的岩石里。

“船翻了。我不知道到底发生了什么事情，我被压在船的下面，螺旋桨打到我身上。”他又指了指他的伤疤，“约翰被击昏了，而我无法找到他……”

“很抱歉。”哈珀轻声说道。

“两个女孩都活了下来，但是约翰……”丹尼尔摇了摇头，“过了一周多，他们才发现他的尸体被冲到了两英里开外的海岸上。

“不，我不希望他没了。我永远不会。我爱我的哥哥。”他望着哈珀，眼神异常严肃，“但是那晚我做的任何事都没能阻止他喝酒或者上船。我乞求，恳求，与他打架，这一切都没有救下他。我所做的一切只是几乎将我杀死。”

“吉玛不像那样。”哈珀从他身上移开视线，“她正在经历一些事情，她需要我的帮助。”

“我不是说要放弃她或者停止爱她。”丹尼尔摇了摇头，“我甚至绝不会这样建议，尤其是对吉玛。她看上去是个好孩子。”

“那么你的意思是什么？”

“我花了许多年才接受这个事实，约翰的死不是我的错。”他的双肩垂下来，“我不知道是否有一天我会真的为发生的事情原谅自己。但是这并不意味着你也要这样觉得。

“我想我试着说的是别人的生活毕竟是他们自己的，你不能替他们生活。他们必须自己做选择，有时候，我们能做的只是学着与他们一起生活。”

“嗯。”哈珀长长地呼出一口气，“当我今天过来的时候，我没有意识到我会上这么深刻的一课。”

“对不起。”丹尼尔看上去有点尴尬，淡淡笑了一下，“我本来不是想……跟你宣泄这些悲惨过往的。”

“不，没关系。”她挠挠头，向他微笑，“我觉得……我觉得我需要听听这些。”

"好。很高兴我能帮忙，"他说道，"好了，你到底为什么过来呢?"

"我……"她一时之间考虑说个谎，但是在他对她如此坦诚之后，她做不到，"我也不知道。"

"你只是想见我?"丹尼尔问道，带着一丝调侃。

"我想是的。"

"你饿吗?"她还没有回答，丹尼尔就站起来。

船上的走道空间不大，所以仅仅是站起来这个动作，已经让丹尼尔靠近得令哈珀感到窘迫。他移得更近一点，就站在她面前，离触碰到她只有几英寸的距离。

"你想要点什么吗?"她注视着他，丹尼尔问道。

"什么?"哈珀问道，她不知道他刚才到底问了什么。她发现自己不可思议地记住了他淡褐色眼睛里面的几缕蓝色。

为了打开冰箱，他不得不弯下腰，向一边倾身，他碰到了她的身体。即使当他打开冰箱门的时候，他的眼睛也一直注视着哈珀，他拿出几罐苏打水。

"你想要什么喝的或吃的吗?"他直起身，递给她一罐。

她接过来，冲他淡淡一笑："谢谢。"

丹尼尔没有动，而是停在她正前面。一只小船快速从旁边驶过，激起一阵波浪，摇晃着他的船，他微微向前倒去。他将双臂放在哈珀身体两侧稳住自己。当他向前贴紧她，她可以感觉到他赤裸的胸膛上的温暖透过她薄薄的 T 恤传过来。

"对不起，"丹尼尔说道，他的声音低沉，但是他仍然没有从她身上移开。

他的脸在她的正上方，哈珀能够感觉到他紧贴着她，似乎她正将他拽到身边来。他注视着她的眼睛，她不知道为什么自己以前没有注意过他的眼睛如此漂亮。

他身上透着防晒乳和洗发露的清爽气味。在她心底深处，她本来以为他身上会带着汗臭味和麝香味。相反，他的气味异常清新。

透过她的T恤，她可以感觉到他光滑的肌肉，突然，一阵强烈的冲动紧紧攫住她，让她渴望抱紧他。

丹尼尔闭着双眼，他的嘴唇就要碰到她的嘴唇，哈珀终于遵照内心的冲动行动了。或者至少她试着行动。

她动了动手，想用胳膊抱着他。不过，她只是成功地将冰凉的苏打水罐推到了他的腰部，让他向后一跳，离开她。

“对不起。”她做了个鬼脸，摇摇头，“我忘记了我还拿着苏打水。”

“不，没事。”丹尼尔微笑，“只是很冷。”

他向她走近，似乎准备继续刚才的吻，但是气氛已经被打破，哈珀再次想起与他交往会是多么愚蠢。

“我也许应该回去工作了。”她说道，从他身边走开，走向门边。

“当然。”他双手放在臀部上，点点头，“当然。”

“对不起。”哈珀咕哝着，感到抱歉。

“别。只要你想过来，什么时候来都可以。我的大门永远为你敞开。”

“我知道。”哈珀微微一笑，“谢谢。”

哈珀站起来，向上面的甲板走去。在船舱里昏暗的光线下待了这么久，阳光都变得刺眼了。她眯缝着眼睛看看天，走到栏杆旁边。

因为丹尼尔拒绝使用着陆板，他不得不帮助她重新下到码头上。他一直用胳膊环抱着她，这样他可以将她举过栏杆，但是在他做这件事之前，他紧抱了她一会儿。哈珀已经有一只胳膊搂着他的肩膀，当他举起她的时候可以支撑自己。

“我很高兴你过来。”

他将她举过栏杆，轻轻地放到码头上。然后他待在小船的甲板上，看着她走远。

# 第十七章
# 倾 心

人生的第一次，吉玛翘掉了游泳训练。她全新的海妖能力，让她在水中的速度已经快得离奇了。此外，佩恩告诉她，她不久就需要离开，吉玛不确定自己是否要一起离开，所以她似乎必须退出游泳队。





尽管如此，她还是觉得很愧疚。吉玛只有在必要的时候才漏掉过训练。利维教练会失望，而她从不想让他失望。

当她早上醒来后，就像往常一样，做好去训练的准备，但是她没有去训练场地，而是骑着自行车绕过街区，躲进小树林，直到哈珀和她的父亲都离开家门去上班。

确定他们离开后，她回到她的房子。她必须重新见见亚历克斯。

昨晚他们接吻后，她回到家，被哈珀和布莱恩轮番训斥。他俩对她最近的行为都目瞪口呆，勃然大怒。吉玛希望自己可以向他们解释一切，但是他们肯定会以为她精神错乱了。没有人会相信她是一个海妖，更谈不上理解。

最后，他们放她去睡觉了，但是她失眠了很长时间。她知道她需要与佩恩谈谈，之后她才能弄清楚自己到底是什么。但是那还不是让她辗转到深夜的原因。

她们告诉她没有人能够爱她，那是她们诅咒的一部分。也许亚历克斯还没有爱上她，但是他可以。如果她跟他在一起的时间足够多，吉玛几乎可以肯定亚历克斯会爱上她。

如果海妖们弄错了这点，那么也许她们也弄错了其他事情。比如也许她不必离开她的家人或者她的生活。虽然昨晚哈珀和爸爸骂了她那么久，但是一想到离开他们，她的心就痛。她知道他们多么爱她。

昨晚，当她亲吻亚历克斯后，她本来准备放弃了。但是她不能。也许亚历克斯喜欢她没有什么意义，但是她必须试一试。他告诉她，她是他所知道的最坚定的人，也许他是对的。在她与海妖一起离开之前，她会尽最大努力。

吉玛试着敲了敲亚历克斯的后门，但是没有回应，她不得不采取更激烈的方式。

她的母亲有一个葡萄藤架，上面遍布开了花的葡萄藤，在房子侧面生长着。也许它不够结实，承担不起她的体重，但是吉玛还是爬了上去。

她脚下的一块板子咔嚓一声断了，但是她很快重新找到了立足点。一根藤蔓把她的手指划开了一个小口子，但是除此之外，她的攀爬进行得异常顺利。当她爬到屋顶，到达亚历克斯所在的第二层的窗户外面的时候，伤口已经愈合了。

吉玛从他的窗户望进去，一切和她想象的一样。亚历克斯正坐在桌上的笔记本电脑旁，戴着耳机，跟着她无法听见的某首歌跳舞。他的头发全部竖起着，身上只穿了短裤，看着他这种状态，吉玛猜测亚历克斯应该刚起床不久。

好几分钟，她就这么心满意足地看着他。他怪异而完全与众不同地舞动着，而且时不时地，他会哼出几句歌词，听起来好像是一首古老的RUN—DMC说唱乐团歌曲。

他的行为这么幼稚，可是同时，他赤裸的身体看起来却又如此惊人地性感。当他动起来时，她可以看见他后背和胳膊上的肌肉，埋在健康的皮肤下。

“亚历克斯。”她用指关节敲击着玻璃，这吓了亚历克斯一大跳，他从椅子上跳了下来。

“吉玛！”亚历克斯喘着气，拉掉耳机，“你在我的屋顶上面做什么？”

“我敲了门，但你没有听见。我能进来吗？”

“呃……”他抓抓眉毛，盯着她一会儿，似乎不明白是怎么回事，“可以，当然。”

他走过去，为她打开窗户，但是这不是她希望的反应。也许她不请自来是个错误。

“对不起，”吉玛爬进他房间的时候说道，“我没有想打扰到你。”

“不，你没有。”他摇摇头，急匆匆地开始整理房间。

“你不必因为我在这里而这样做。”

亚历克斯没有理她，继续捡起乱扔在房间里的脏袜子和科技杂志。事实上房间并没有那么凌乱。他是一个比较爱整洁的男人。除了一堆 xbox 游戏和激浪饮料的空罐子，这是一个相当干净的房间。

“你知道吗，吉玛，我很抱歉，我不善于打扫房间。”亚历克斯突然停下正在干的事情，抱着一堆脏衣服。他揉揉眼睛，摇了摇头，“你在这里做什么？你发生了什么事情？”

“我想见你。”她只是说。

“不，我不是指刚才，而是……”他将衣服堆放在门边，转身面向她，双手放在臀部上方，“昨晚是怎么回事？哈珀说你就那样与那些奇怪的漂亮女孩们一起离开了，然后你来到我家，全身湿透，问我是否喜欢你。”

“我对此真的很抱歉。”吉玛说道，但是他的问题一个接一个。

“还有那天晚上，你失踪了，是跟那些怪异的漂亮女孩们一起！哈珀以为你死了。你知道你吓坏了你的姐姐，那不像你。

“然后当我周二过来看你的时候……”他垂下眼睛，面颊微微泛红，“……我们亲密。那很性感火辣，但是那……根本不是你。我甚至不知道那个人是不是我。”

“我知道，我知道。”吉玛叹着气。她想告诉他一切，但是她怎么能？怎么会有人相信她所说的话？

“发生了什么事情？”亚历克斯问道，声音里的绝望令她心痛。

“你相信我吗？”

“坦白地说？”他抬起来，看进她的眼睛，“几天前，我会毫不迟疑地说相信。但是经历了最近发生的一切，我不知道。”

“我从未对你说过谎。”然后她摇摇头，“我的意思是，也许当我是小孩的时候对你说过谎。但是从我们开始约会后，我就没有了。我以后也不会。我知道一切是多么疯狂，而我不知道如何向你解释。”

“你至少可以试一试。”亚历克斯建议道。

“我觉得我不能。”

“因为我？”他问道，“或者，我的意思是，因为我们？”

“不，不！”吉玛断然地摇摇头。

“但是那是真正改变的唯一事情。在我们开始交往之前，你都是好好的。”

“不是。”她走近他，将双手放在他胸前说服他，“不是，绝对不是因为你。只有你，让我还没有发疯。”

“为什么？”他向下看着她，但是他没有像她希望的那样，伸出手碰触她，“怎么我突然变成了你唯一的支撑了？”

“因为，我觉得你是唯一看到真实的我的人。”

“吉玛。”他深深吸了口气，将她的头发拨到后面，然后他突然想起一件事，他环顾四周，“等等。现在几点了？你怎么没有去游泳训练？”

她窘迫地朝他笑笑，说：“我需要见你。”

“为什么？”他摇了摇头，“并不是我不想跟你待在一起，但是你从不漏掉过训练。你喜欢游泳，甚于世界上任何其他事情。”

“嗯，不是任何事情。”她垂下眼睛，往后退开，坐到他的床上，“我知道你不确定，但是你能不能就相信我呢？”

他眯起眼睛，害怕她将要说出的话：“如何相信？”

“让我跟你待一天。就一天。”

“吉玛。”他微微一笑，摇了摇头，“我希望每天都跟你在一起。为什么今天这么重要？”

“我不知道。”她耸耸肩，“也许它不重要。”

“你最近太神秘了。”

“对不起。”

“那好吧。”他挠挠后脑，然后挨着她坐在床上，“那么你今天想干什么？”

“嗯……你可以教我你刚才跳的那些精彩的舞蹈动作。”她试着模仿其中一些动作。

“哦，这真卑鄙。”亚历克斯假装生气了，“那些是我私人的舞蹈动作，而你是屋顶古怪的偷窥者。我应该打电话给警察，举报这里有一个偷窥狂。”

“哦，来吧。”吉玛站起来，极其夸张地做着他之前的动作，“让我看看你有什么本领。”

“不，决不。”他嘲笑她试图模仿他。

当吉玛继续模仿时，亚历克斯抓住她的腰，将她拉回到床上。她开始咯咯直笑，他将她推倒在床上，悬在她上方。他的胳膊强壮有力，撑在她身侧，她从未感觉到与他如此靠近。

他弯下腰吻她，让她的心跳漏跳了一拍。一阵暖流从她小腹流出，传到指尖。

当她在花岛湾作为海妖游泳的时候，她本来以为那是她体验过的最美好的事情。但是躺在这里，吻着亚历克斯，她意识到她错了。他带给她的感觉美好得多，因为这不是某种疯狂的魔法诅咒。这是真实的。

“好吧，”亚历克斯说道，仍然挡在她上方，“我想我可以给你展示一下几个动作。”

突然，他站起来，牵着她的手，将她也一起拉起来。他突然做出一些滑稽的动作。吉玛试着加入他，但是她笑得太厉害。他一只手臂环着她的腰，将她拉到身上，做着一种夸张的华尔兹动作。

最后，他们双双倒回床上，大笑着。那天下午的剩余时光，他们就一直待在那里。躺在他老旧的单人床上，有说有笑。有时候他们接吻，但是大部分时候，他们只是躺在一起。

当亚历克斯告诉她自己多么担心他的朋友卢克的时候，气氛变得沉重起来。他们的关系虽然没有那么亲密，但是他一直喜欢卢克。亚历克斯尴尬地承认有人可以就那样消失，无影无踪，这让他害怕。

吉玛尽力安慰他，握着他的手，让他放心一切都会没事。

在那之后，亚历克斯试着让气氛变得轻松。令她失望的是，他穿着一件 T 恤衫，不过这也许更好一点，因为她发现当他不穿 T 恤衫的时候，她很难将注意力放到其他事情上。

他用青春期的蠢事来逗乐她，讲的故事让她捧腹大笑，笑到肚子疼。午餐的时候，他做了花生酱和炸土豆片三明

治，午餐他们也是在床上吃的，碎屑撒得变形金刚图案的床单上到处都是。

在某一时刻，他为他的床单道歉，坚持说他从七岁起就开始用这条床单了，床单一直完好无损，所有他没有理由将它扔掉。吉玛微笑着点头，但是其实，她觉得他怪异得有点可爱。

有一段时间，他们只是躺在那里，没有多说什么。他们躺在彼此身边，抬头看向天花板，但是稍稍向对方倾斜，侧面接触到一起。亚历克斯握着她的手，有时候，他捏得紧紧的，她可以感觉到他们的心跳仿佛在手指之间，一起怦怦跳动。

她翻了个身，更近地依偎着他，将她的头放到他的胸上。他搂着她，抱紧她。他吻着她的额头，然后深深吸了口气。

“你总是带着海洋的气味。”他说，嗓音轻柔。

“谢谢。”

他用手臂搂着她，将她抱得更紧，但是这种紧抱的感觉很好。这让她觉得更安全。

“我不知道你发生了什么事情，也不知道为什么你不能告诉我。我希望你可以。因为不管是什么事情，我都会在这里支持你。无论你正在经历什么，我就在这里。我希望你知道这点。”

吉玛什么也没有说。她只是闭上眼睛，紧紧地抱住亚历克斯。那一刻，她发誓世界上任何东西都不能将她从他身边带走。即使是海妖或者古老的诅咒。

# 第十八章
# 发　现

她们之间的隔阂几乎是显而易见的。每当哈珀试着与妹妹谈话时，吉玛总是一副拒绝的姿态。而且，这与聊什么没有关系。吉玛只是什么都不想跟她说。

与丹尼尔在船上谈过之后，哈珀想从一个不同的角度处理她们之间的关系，但是似乎吉玛并不想要任何类型的关系。

即使当布莱恩回到家中，情况也没有变好。餐桌上的谈话生硬、紧张。可悲的是，当吉玛离开餐桌，走向她的房间的时候，哈珀竟然大大松了口气。

哈珀第二天放假，所以她开车送吉玛去参加游泳训练。吉玛买车的事情仍然没有确定下来，而且根据她最近的表现，布莱恩没有打算近期就确定这件事。不过，吉玛似乎对此也不是很在意。话又说回来，吉玛似乎对任何事情都不甚在意了。

她将吉玛送下车后，哈珀做了一件她从未想过自己会做的事情——她翻查了吉玛的东西。在某种程度上，哈珀几乎希望她会找到毒品。至少这可以解释发生了什么事情。

但是除了一片怪异的绿色鱼鳞缠结在她的床单上，哈珀没有发现其他任何东西。从她的房间看来，吉玛是正常的。

吉玛可能不再跟她说话，但是她肯定会与人交流。哈珀叹着气，来到隔壁，准备与那个家伙谈谈，她仍然把他当作

最好的朋友。

“嗨。”哈珀说道，当亚历克斯打开他的前门的时候。

他靠在门口，T恤衫紧贴着他宽阔的胸膛，哈珀仍然没有完全习惯。亚历克斯一直都是高高瘦瘦的，直到他们毕业那年开始，他突然不可思议地长开了，虽然哈珀不在意——不像吉玛或者学校里一些女孩开始在意那样——对她来说，亚历克斯变得这么性感仍然很奇怪。

幸亏亚历克斯好像也没有注意到。他没有发现他已经从宅男变成了性感的男人，这很好。哈珀不认为自己还能很好地与他做朋友。

“嗨，”他说道，“吉玛不在这里。”

“我知道。她在进行游泳训练。”哈珀来回摇摆，“哇哦。我突然意识到这多么可悲。”

“什么？”亚历克斯问道。

“我们现在唯一能说话的时候就是我寻找妹妹的时候。”她挠挠脖颈，从他身上移开视线。

“是的，我猜是的。”他同意。

“我能坦白跟你说吗？”

“我一直以为你是坦白的。”

“你与我的妹妹交往我觉得有点奇怪，”哈珀承认，一口气说出来，“我的意思是，我从未喜欢过你，不是那种喜欢，你知道的。但是……你是我的朋友，而她是我的小妹妹。现在你喜欢她。”她摇了摇头，“我不知道。这对我感觉很奇怪。”

“是的。”他将双手插到口袋里，向下看着阶梯，“我知道。我觉得在我把她约出去之前，我应该先跟你谈谈。”

“不，不。”哈珀摆摆手，“你不需要我的允许之类的。我只是……我觉得吉玛不在的时候，跟你一起玩很奇怪。就像我在背叛她什么的。”

“不，我懂了。”他点点头，“因为你是个女孩，即使你是一个我从未感兴趣的女孩。”

“对。是的。我很高兴你懂了。”

“是的，我也是。”

“但是……我想事情是这样的，你是我的朋友。”哈珀烦躁地拨弄着手指上的戒指，旋转着它，“我希望重新做回朋友。”

亚历克斯盯着她，一时看起来有点困惑，“我不知道我们的友情停止过。”

“我们没有，没有真正中断过，但是距离我们上次一起玩已经好久了，”她说道，“我想上一次是在刚毕业的时候，那已经是几周之前了。”

“所以……你是要约我们一起玩？”亚历克斯问道。

“是的。”她立刻点点头，“我是。”

“比如现在？”

“如果你不忙的话。”

“我不忙。”他退后一步，“你想进来或者做些其他什么吗？”

“事实上，你想散散步吗？我真的需要新鲜空气。”

“呃，当然。是的。”他环视四周，似乎他觉得他忘掉了什么东西，然后他走出来，将身后的门关上，“我们走吧。”

他们几乎走了整整两个街区，两人都没有说话。哈珀试了几次，但是她只是弄出了一些声音，眼睛眯成一条缝看着天空。她本来以为散步会更容易，因为可以用运动来转移他们的注意力。

事实上，她不明白为什么他们之间会变得如此尴尬。她将一部分归咎于亚历克斯，因为在正常情况下，他都是心神

不安的。但是她将更大一部分归咎于自己。在他身边，她感到紧张。

“那么，”哈珀最终说道，“你的夏天过得如何？”

“很好，我想。”他摇了摇头，“我的意思是，除了卢克的事情。”

“哦，是的。”她露出痛苦的表情，看着亚历克斯，试图了解这让他多沮丧，但是他只是盯着地面，“我听说了这件事。我很抱歉。”

“你不必抱歉。不是你的错。”他用脚踢了下石头，“我只是为他的家人和一切感到痛心。”

“是的，我也这么认为。这对他们来说肯定很难承受。”

“他的妈妈周二哭着打电话给我，问我是不是知道一些事情，接着第二天警察找我问了话。”亚历克斯沉默了一会儿，哈珀伸出手，轻轻拍着他的肩膀。“我不知道要告诉他们什么。我不知道他在哪里。”

当他与哈珀一起走着的时候，他黑色的头发垂落到额头上，他看起来还和以前一样，还是那个心爱的小狗被车撞了之后的十二岁的小男孩。在他新的性感的外表下，他体内还是那个相同的、温柔的亚历克斯。

一阵愧疚感涌上心头。哈珀发现卢克失踪的时候，她应该来找亚历克斯谈谈，看看他怎么样。可是她却太过专注于自己的事情，忽略了自己的老朋友。

“我真的很抱歉。”哈珀又说道，但是这一次，她是为没有在那里支持他而道歉。

“没事。我肯定他会出现的。”亚历克斯深深吸了一口气，摇了摇头。接着他看了一眼哈珀，挤出一丝微笑，“那么你呢？你的夏天过得如何？”

“呃，很好，”她说道，但是她不肯定这是不是真的。至今为止，一切都感觉有点乱。

“你在和谁交往吗？”亚历克斯问道。

“什么？”这个问题吓了她一跳，因为没有注意，她绊在人行道上的一个裂缝上，“为什么说我在和谁交往？”

“我不知道。”他耸耸肩，“吉玛提到过船上的某个人。”

“什么？”哈珀快速摇了摇头，移开了视线，希望亚历克斯没有注意到她双颊上的红晕，“丹尼尔？不，他只是……他是……不。不是。不可能。我是说，我几个月后就要离开了。吉玛发生了那些事情，我没有时间交往。所以。不。我没有和谁交往。”

“哦。”他停顿了一下，“是的。那可以理解。”

“是的。”哈珀咬着嘴唇，又开始转动她的戒指，“呃……你和吉玛相处得怎样？”“很好，”他点点头，“非常好。”“我很高兴听到你这样说。”她深深地呼出一口气，注视着天空，希望有几片云飘过来遮住太阳。

“事实上……”他停下脚步，望着哈珀，“坦率地说，我不知道与吉玛相处得怎么样。”

“真的？”哈珀问道，希望自己听起来不是太急于打探消息，“为什么？你是什么意思？”

“我不知道。”他用手理了理头发，摇摇头，然后又开始走起来，“我也许不应该跟你谈这个。”

“不！我的意思是，你当然可以。”她急忙追上他，“我们是朋友。”

“你保证不会跟她说什么？”亚历克斯问。

“我保证。”接着她摇了摇头，“我们现在都不说话了，所以这应该不怎么难。”

“你们在冷战？”亚历克斯问，听起来真的对此很苦恼，“我很抱歉。我不知道。”

“不，我们其实没有冷战。我觉得她只是……”哈珀摆摆手，“不要管我想什么。你先告诉我你和她的事情。”

“哦，是的，对。”

亚历克斯开口前，哈珀指着一条穿过公园通往树林的小径：“我们走那条路吧。会凉爽一点。”

这是一片枝叶茂密的丛林区域，种满了柏树和枫树。穿过这片区域的小径，是由孩子们踩踏出来的通往花岛湾的一条捷径。它一直通向水边，所以蚊子会更加猖獗，但是可以脱离阳光的照射，也是值得的。

“关于吉玛……”亚历克斯摇了摇头，似乎正在费劲地选择合适的表达，“我喜欢她。我确实喜欢她。真的。”

“我知道。”哈珀点点头，他们走进了树林。

“我觉得她也喜欢我。嗯，我很确定，至少我这么认为。”

“不，她当然喜欢你。”

“真的吗？”他突然抬起头，微微一笑，看起来松了口气，“很好。”

“你看不出来吗？”哈珀调侃道。

“这正是我要说的。有时候可以明显看出她很喜欢我。但是另外一些时候，我又觉得和她很遥远。”他抬头看着哈珀，“你知道我的意思吗？她和你在一起，但是她的心却在千里之外。”

“是的，我完全明白你的意思。”

“现在又扯上了那些怪异的女孩们。”他摇了摇头，“她不肯告诉我她跟她们在一起做什么或者为什么她要跟她们混在一起。”

“她不肯告诉你？”哈珀问道，没有试着隐藏声音中的失望。

“不肯。”他看着她，“她也不告诉你？”

“她现在任何事情都不告诉我，记得吗?”

“哦，是的，”亚历克斯说道，“那些女孩是如此……让人毛骨悚然。”

“我知道，”哈珀同意，想起她们就那样将吉玛留在海岸上，“我发誓，她们是邪恶的。”

“我不怀疑。而吉玛不是邪恶的。她真的不是。所以我不知道她在做什么。”

“我知道！这根本讲不通！”哈珀变得激动起来，有人同她一起聊这件事，而且这个人真正知道并了解她和吉玛两人，“我只希望这一切不要在现在发生。”

“你是什么意思?”

“我八月末要离开这里去上学，那时候将只有吉玛和我的爸爸。”她摇了摇头，“她现在变得疯狂、古怪，可是很快我将不会在她身边处理这些事情。”

亚历克斯沉默不语，也许因为哈珀刚刚提醒了他，他与吉玛在一起的时间也是有限的。

他们随着蜿蜒的小径，离花岛湾越来越近，那里的蚊子也变得更加密集，在他们身边成群地飞来飞去。哈珀挥舞着手，试图将它们驱赶走。

“蚊虫今年太猖獗了。”亚历克斯说，哈珀对此表示同意。

蚊虫的声音让整个树林开始响起嗡嗡声。但是这说不通，因为一般更大规模的蚊子群才会制造出这么响的噪音。然后哈珀意识到这并不是蚊子。在小径远处，盘旋着一堆巨大的黑色苍蝇，它们笼成一片阴云，那里靠近海边，是一片蕨类植物和杂草丛生的岩石区。

“呸。”亚历克斯咕哝着，“那是什么气味?”

“不知道。”她皱起鼻子，“就像……腐烂的鱼，但是有点不同。”

其实当他们刚进入树林的时候，她就隐隐闻到了什么气味，但是她没有想太多。在像今天这么炎热的日子里，闻到从码头飘来的臭鱼味道并不稀奇。

但是现在这股恶臭几乎令人难以忍受了。

哈珀停下脚步，但是亚历克斯又向前走了几步后才停下来，转过身面向她。苍蝇变得更加密集，他们俩用双手拍打着。

“太恶心了，”哈珀说道，急忙低下头以免吸进苍蝇，“我觉得我宁可选择炎热和汗流浃背，也不愿意在这里对付这些苍蝇。我们回去吧。”

“好的，好主意。”他开始往回走，与她会合，但是突然停下来。

“怎么啦？”她问道。

他盯着地面，全身仿佛僵住了一般。四周成群的苍蝇似乎也对他毫无影响。哈珀正要再次问他怎么了，他突然弯下腰，从地上捡起一个什么东西。这个东西很小，呈绿色，躺在小路的边缘，碾碎在尘土里，几乎看不见。

“那是什么？”哈珀问道，走到他身边。

亚历克斯擦掉上面的灰尘，这样哈珀就可以看见它了。她仍然不明白这到底是什么东西，只知道它看起来像是戒指之类的东西，但是亚历克斯的双手开始发抖。

“这是一枚‘绿灯侠’戒指。”他在光线下旋转戒指，“卢克让他父母为他打造了这枚戒指，而不是普通的毕业戒指。他从未取下来过。”

“也许他在散步或者进行其他活动的时候掉下来了。”哈珀安慰道，试着减轻他的恐惧。

“他从不取下这枚戒指。”亚历克斯重复着，开始环顾四周，“他到过这里。在这里，他可能碰到了不好的事情。”

“我们应该报警。”她拍走一只苍蝇，但是亚历克斯现在已经察觉不到了。

他的双眼紧紧盯着小径几步外的乌泱泱的苍蝇群。他转身走向它们，不顾遍布在森林地表的毒常青藤或荆棘。

尽管她不想过去——很有可能是因为那些苍蝇——哈珀还是跟在了亚历克斯身后。亚历克斯刚发现戒指的时候，她心里就有所感觉——一种恶心的、胸闷的感觉。同亚历克斯一样，她马上知道事情不对劲，卢克出事了。

当亚历克斯看见它的时候，他停下脚步，但是哈珀自己都不知道为什么，她走上前几步，仿佛她想看得更清楚。事实上，她一点都不想看。她希望转眼就忘记，但是它已经深深地刻在她的记忆里了，在未来几年里肯定会成为不断困扰她的噩梦。

卢克躺在几步开外，或者至少，哈珀认为它是卢克，从他头上浓密的红色头发来看。他的衣服沾满了深褐色的血。那么多的血，处处凝结成块，看起来更像是干果酱，而不是血。

他的脸和四肢看起来完好无损，除了上面布满虫子。一条粗大的蛴螬从他的嘴里爬出来，他闭合的眼睑下面活动着活着的生物。

另一具尸体几乎就在他旁边，但是情况更糟，显然在那里时间更长。但是从哈珀看来，他被抛尸的时候似乎状态与卢克相同——整个躯干从中间被撕开。

距离此处几步远的地方，哈珀可以看见一条腿从杂草中伸出来。要不是因为看见脚上旧的锐步运动鞋，她其实根本不会确定这是一条腿。她只会认为这是一根腐烂的棍棒。

恼人的事实是，她可能会呆立在那里一整天，盯着这两具尸体，结果亚历克斯没有转身，突然向小径狂奔回去。

“亚历克斯!”哈珀叫道，追在他身后。

刚跑到小径上，亚历克斯就俯身吐了。她的胃也一阵翻滚，但是哈珀抑制自己没有吐出来。她站在亚历克斯旁边，轻抚他的后背。即使在他停止呕吐后，他仍然弯着腰过了一会儿。

“对不起。”他用胳膊背面擦了擦嘴巴，站起来，“我不想破坏犯罪现场。”

“你是对的，”她点点头，“我们应该去寻求帮助。”

他们一开始是在小径上行走，不过很快他们全速奔跑起来。他们一路跑到市中心的警察局，仿佛他们能够超越死亡。

# 第十九章
# 出 路

吉玛去参加了游泳训练，她已经决定要过当前这种生活。昨天和亚历克斯在一起待了一下午，这坚定了她的信念，她还无法放下这一切。她必须至少试一试，找到一种可行的办法。

不过睡眠变得困难。她躺在床上，整晚辗转反侧，难以入眠。海洋呼唤着她，几乎像一首歌。海浪召唤着她，她费尽心力才能忽略它们的吸引。

早上的时候，利维教练严厉地批评了她，因为她本周缺了好多次训练，但是她的速度如此惊人，他也不好过多责骂。只不过，在游泳池里面游泳已经不像以前那么有趣。

氯水刺激着她的皮肤。不是说让她的皮肤起了疹子，但是她几乎能感觉到它摩擦着她的肌肤，就像令人发痒的粗麻布蹭在她身上。她迫不及待地期待着训练结束。

由于她惊人的速度，她竟然成功地说服了教练让她早退。因为早上是哈珀送她过来的，她可能打算也来接吉玛。但是吉玛不想她来接，她需要去见那些海妖。

问题是她不知道海妖到底在哪里聚集。吉玛觉得大海应该像呼唤她自己一样呼唤她们，所以她们也许离花岛湾并不是很远。

哈珀今天放假，吉玛不知道她会干什么，所以她必须偷偷地出行。她试着避开哈珀常去的地方，比如图书馆或者

码头。

在她前往海域的途中，吉玛偶然发现了海妖们。她本来打算越过柏树林，到岩石遍布的海岸，那里没有太多人，她可以游到小海湾。但是她只走到了海滩。

天气炎热，海滩上挤满了人，有游客，也有本地人。但还是不难发现海妖们。吉玛站在海滩后面长满草的小山上，俯视着花岛湾，她很轻易就在人群中看到了三个女孩。

她们都穿着比基尼，展示着她们的傲人身材。佩恩趴在一条沙滩浴巾上。莱西坐着，依靠在她的肘部上，正在与站在她身边的一个比她大的男人调情。同往常一样，希雅似乎对一切感到厌倦，正懒洋洋地躺在沙滩躺椅上，看一本翻烂了的《午夜行凶》。

吉玛不得不挤过沙滩上的人群，才能到她们身边，不过她意识到她不用使劲挤。事实上，人群开始为她自动分开，就像他们似乎一直为佩恩和她的朋友所做的那样。

人们已经开始把她作为海妖中的一员对待，仿佛她属于她们。

“你挡着光了。”佩恩说着，没有抬头。吉玛站在她前面，在她的后背投下一道阴影。

“我需要跟你谈谈。”吉玛交叉着双臂，低头盯着她们。

“嘿，吉玛。”莱西转过身看着她，用手挡着阳光，“你今天看起来气色很好。”

“谢谢，莱西，”吉玛立即说道，但是仍然盯着佩恩，“你听见我的话了吗?”

“是的，你需要谈谈。”佩恩依然待在浴巾上，没有动，“那么继续吧。谈谈。”

吉玛环顾四周。人们正在干着各种事情，比如日光浴或者读书或者用沙子建筑城堡，所以他们并不是只坐在那盯着海妖。但是，他们还是太靠近了，太拥挤了，而且他们不住地看过来，任何时候都无法忽视海妖。

“不要在这里。”吉玛说道，压下声音。

“那么我想我们将晚点再谈。”佩恩告诉她。

“不。我需要现在就谈。”

“嗯，我现在很忙。”佩恩终于抬起头，怒视着她，“所以必须等待，不是吗?”

“不。”吉玛摇摇头，“除非你跟我走，我不会去任何地方。”

希雅大声叹口气：“佩恩，你就跟她去谈谈吧。你要不去，我们都不得安宁。”

“如果我去，我们都要去。”佩恩瞟了一眼希雅，希雅嗤笑一声，翻翻白眼。

“很好。就这样吧。”希雅合上书，粗鲁地塞进她的沙滩包里。“来吧，莱西，我们打包吧。”

“什么?”莱西看起来困惑不解，“我们不回来了吗?”当希雅开始站起来，她摆摆手：“不，我们会回来。有人可以看着我们的东西。”她转向坐在她旁边的年长男人，“你会做一个好心人，看着我们的东西，直到我们回来吗？我们应该不会离开很久。”

“行，当然，没问题。”他热切地朝莱西微笑，点着头。

“谢谢。”莱西回了他一个微笑，然后站起来，擦掉双腿上的沙子，“好吧。我准备好了。”

佩恩和希雅比莱西站起来得慢，佩恩领着她们离开沙滩。她们离开时，好几个男人跟她们打招呼，但是只有莱西回答。吉玛自己也获得了一些男性的注意力，但是她不习惯被这么多人色迷迷地盯着，而且她发现自己不喜欢这种感觉。

她们走到花岛湾里向外突出的一块岩石区，没有到柏树林那里，但是沙滩上的人群已经看不到这里了。

她们刚到那里，希雅就匆忙脱掉比基尼，潜入水中。在她站的地方，吉玛看不到她的双腿变成尾巴，但是她知道它还是发生了。

“我们要游泳吗？”莱西提议，脱掉了她自己的比基尼。

“不，我不想游泳，”吉玛撒谎，“我只想谈谈。”

莱西的比基尼泳裤就在她臀部下面，她停顿下来，来回看着吉玛和佩恩。佩恩只是看了吉玛一会儿，思考着她打算做什么。

“你去游吧，”佩恩告诉莱西，没有看她，“我留在这里，和吉玛聊聊。”

“好吧。”莱西听起来有点犹豫，但是她脱掉了比基尼，进入了水中。几分钟后，她已经消失在花岛湾中，与希雅一起在海中畅游。

吉玛用眼角的余光偷偷看着，没有直视。这么靠近海洋却不下去游泳，对她来说很难。浪花拍打着岩石，像一首曲子，正在向她吟唱。

它们召唤着她，她身体的每一个细胞都受到蛊惑。她热切渴望着融入水中，但是她需要与佩恩谈话。她觉得如果她在花岛湾里嬉戏，她是无法好好交谈的。

“那么，你想谈什么？”佩恩问道，靠在背后的一块大岩石上面。

“首先，你怎么对付那个？”吉玛指着她们身旁的海洋，拉拉耳垂，“它快把我逼疯了。”

“你是指水之谣？”佩恩对吉玛明显的困扰幸灾乐祸。

“水之谣？”

“你现在正听见的曲子，海洋对着你唱歌？那是水之谣。

它在召唤我们回家，这是为什么我们永远不能离海洋太远。”

“所以它永远不会停歇吗?”吉玛捻起一缕头发，绕着手指把玩，凝视着海浪。

“不，不会，”佩恩有点悲伤地承认，“不过在你不饿的时候，比较容易忽略它。”

“我不饿，”吉玛坚持，“我今天早上吃了早餐”

佩恩耸耸肩膀，望向水面说：“有不同种类的饥饿。”

“听着，我想跟你谈谈你说过的一些事情。”

“我想也是。”佩恩看着希雅和莱西在离海岸很远的地方戏水玩耍，然后转身面向吉玛，“你准备好加入我们了吗?”

“就是这件事。”吉玛摇摇头，“我不想加入你们。”

“那么，你想死去?”佩恩冷漠地扬起眉头。

“不，当然不想。但是肯定有一个出路。肯定还有其他办法可想。”

“不。没有，”佩恩干脆地说，“一旦你喝了瓶子里的东西并且变身，你就无法改变了。你是一个海妖，唯一的出路是死亡。”

“但是这不公平。”吉玛紧握拳头，因为她无法做任何其他事情来减轻她的沮丧，“你们怎么能这样对我？你们怎么能将我变成这样，甚至都不问问我想要什么？你们不能就这样强迫我变成这个……这个东西。”

“哦，我能，而且我做了。”佩恩直起身，朝吉玛走近一步，“太迟了。不管你喜欢还是不喜欢，你都是海妖了。”

“你为什么要那样做?”吉玛问道，愤怒的泪水刺痛着她的眼睛。

“因为我要你。”佩恩的声音冰冷坚硬，“我想干什么就干什么。”

“不。”吉玛摇摇头，“你不能这样做。你不能拥有我。

我是一个人，你不能强迫我变成什么东西就因为你想我变成那样！”

“亲爱的，”佩恩笑道，“我已经做了。”

吉玛想揍她，但是她将双手放在身侧。她感觉到佩恩比看上去危险得多，她不想真的惹怒她。至少现在还不是时候。

“我不觉得你知道的和你认为自己知道的一样多。”

“比如？”佩恩冷笑道。

“你说男人不可能真的爱海妖，”吉玛说，“但是亚历克斯喜欢我，真实的我。”

佩恩的目光沉下来，她的笑容消失了。

“那只是表明你是多么的年轻和愚蠢，”她低声呵斥道，“亚历克斯才多大，十七岁？十八岁？他是一个十几岁的少年，荷尔蒙分泌旺盛。你以为他关心你吗？”她阴沉地笑着，摇了摇头，“看看你！你很美丽，他只在乎这个。”

“你不了解他，你不了解我。”吉玛瞪着她，“你选择了错误的女孩。我会找到一个出路。我会解开你愚蠢的诅咒，而且我会让自己自由。”

“你真是忘恩负义！”佩恩摇了摇头，将黑色的长发甩向后边，“诅咒？这是你梦寐以求的东西，吉玛。我看见你了。你整个人生中水一直在召唤着你。”她走向她，靠得如此近，站到了吉玛正前方，“我给了你想要的一切。你应该感谢我。”

“我没有要求这些！”吉玛反驳，“我也不想要！”

“太鲁莽了。”佩恩转身离开她，向巨石走回去，“你不能解除！你喝了药，现在你是海妖，直到你去世的那一天。”

“药？”吉玛摇了摇头，“什么药？那是什么？”

“海妖的血，凡人的血和大海的血。”佩恩念着。

“大海的血？”

“就是水。”佩恩摇了摇头，“德墨忒尔总是喜欢装腔作势，尤其是在制订诅咒的规则的时候。”

“那凡人的血是什么？”吉玛问道，“是不是泪水之类的？”

“不，是血。”佩恩看着她，像在看一个傻子一样，“是阿伽洛佩的血和人类的血。”

“我喝了血？”吉玛的胃一阵翻滚，她将手放在肚子上，“你骗我喝了血？你到底是什么可怕的怪物？”

“是海妖，记得吗？”佩恩翻翻白眼，“你比我想的蠢多了。也许对你我犯了一个错误。也许你是对的，我应该让你去死。”

“谁的血？”吉玛问道，尽力不吐出来。

“阿伽洛佩的。我已经告诉你了。”

“不，人类的血。”

“哦，这有什么关系呢？”佩恩耸耸肩，“某个人类的。”

“你是怎么得到的？”吉玛问道。

“真无聊。”佩恩抬头看着天空，摇了摇头，“我讨厌让新海妖变形。尤其是你这样不知感恩的。简直是浪费我的时间。”

“如果你这样讨厌我，你为什么要这样做？“吉玛问道。

“我没有选择。我们必须是四个。”

吉玛再也忍不住了，她俯下身子，开始干呕。想到自己喝了血，以及佩恩告诉她的其他一切，她难以接受，更何况抵抗水之谣让她头痛欲裂。

“哦，上帝，”佩恩叹口气，看着吉玛咳嗽和干呕，“你已经将血吸收消化了，变成了海妖。你觉得有什么好吐的？”

“我并不想吐。只是想到要变得像你，我就觉得恶心。”

吉玛站直身体，擦了擦嘴。

佩恩眯起眼睛盯着她：“你真是一个大错误。”

“那就告诉我怎样摆脱这一切！告诉我怎么做才能变回来！”

“我已经告诉你了！”佩恩吼道，“你必须死！就是这样！如果你再这样继续不知好歹，我很乐意帮你了结你的痛苦！”

吉玛心灰意冷，双眼溢满泪水，摇了摇头。她将额头上的头发拨到后面，望向海洋远处。随着她们游来游去，希雅和莱西的脑袋在水中上下起伏。

“告诉我怎么接受这一切吧。”吉玛深深地吸了一口气，重新看着佩恩，“那么需要第四个人，而我不想死。你告诉我，我需要做什么。”

“首先，改变态度。然后你离开这里，跟我们一起走。我们会告诉你需要做什么。”

“为什么我一定要离开？”吉玛问道。

“我们最好不要在一个地方待太久。”佩恩摇了摇头，“事情容易变得一团糟。”

“我的家人怎么办？亚历克斯怎么办？”

“现在我们是你的家人了，”佩恩告诉她，声音近乎友善，“而亚历克斯不爱你，他永远也不会爱你。”

“但是……”一滴泪滚落到吉玛的脸颊，她将它擦掉。

“这不是他的错，也不是你的错。他不能，吉玛。凡人爱上海妖是不可能的。对不起。”佩恩长长地呼出一口气，“最重要的是，当你活得够久，你见识过许多的事情之后，你会意识到男人真正爱上任何人都是不可能的。知道这点会让你免受心碎之痛。”

“我怎么能相信你？”吉玛问道，看着她，“你骗我，强迫我变成这样。我怎么知道你说的话是真的？”

“你不知道，”佩恩耸耸肩承认道，“但是你还能相信谁呢？谁还知道关于海妖的任何事情？”

吉玛痛苦地意识到佩恩说得对。无论好或坏，她已经被置身在这样一个没有多少选择的境地之中。这不是她的选择。这不是她想要的。但是她必须尽力而为。她仍然可以做正确的事情，即使佩恩将她逼到了死角。

附近柏树林里面传来一阵骚动，吸引了两人的注意力。急切的声音在树林里回响，伴随着收音机的静电噪音。离得太远，吉玛无法看见很多，但是她可以看见有很多穿蓝色制服的人，像警察。

“发生了什么事情？”希雅叫道，听到树林中的声音，她游近海岸一点。

“那些是警察吗？”莱西问道，在希雅旁边漂浮着。

“我们应该离开，”佩恩急道，走向海洋，“你应该跟我们一起，吉玛。”

“呃……”吉玛将视线从树林中正在发生的事情上移开，望向佩恩停下脚步的地方，正在大海前，“不。至少，不是现在。”

佩恩抿紧嘴唇：“随便你。但是我们在这里只会再待几天。然后我们就走了。”

“快点，佩恩，”希雅喊着她，从海岸边游开，“我们需要离开这里。”

“再见，吉玛！”莱西向她挥手。

“再见。”吉玛挥挥手，但是莱西已经潜回水底。

吉玛看着佩恩淌入水中。当水面就要到达她的腰部时，她停了下来，吉玛可以看到她棕色的皮肤开始变成虹彩色鳞片，在她的臀部上闪闪发光。

“不管怎样，我说的是事实。”佩恩说，然后潜入水中游

走了。

吉玛又在海岸上待了一会儿，注视着波浪，但是海妖们再也没有浮出水面。水之谣几乎淹没了树林里人们的声音，但是她其实也不是真想听到他们说什么。

最后，她勉强自己离开了花岛湾，走回家去。她仍然不能完全确定自己应该做什么。死或加入她们。两个选择听起来都无法接受。

她刚到门前，就看到一辆警车停在前面。她的心怦怦直跳，当一名警官下了车打开后门的时候，她睁大眼睛。哈珀和亚历克斯从后座上出来，这让她完全惊呆了。

哈珀胳膊搂着亚历克斯，他脸色惨白。

“发生什么事情了?”吉玛问道，跑到他们身边。

“我们发现了卢克。”哈珀低声说。

“他死了。”亚历克斯离开哈珀，拥抱着吉玛。她双臂环抱着他，紧紧地抱着，她可以感觉到他的眼泪落在她的肩膀上。

# 第二十章
# 应　对

哈珀靠在厨房的水槽上，望向窗外隔壁亚历克斯家的房子。自从昨天他们发现尸体后，他惊吓倒了，吉玛几乎全部时间都在他家里陪他。

布莱恩和哈珀都认为吉玛陪着他比在她楼上的房间里禁足更好。亚历克斯需要她。

“你还撑得住吗？”布莱恩问道。他坐在厨房的餐桌前，在哈珀后面，喝着一杯咖啡。

“没事。”哈珀说谎。

她被噩梦惊醒了三次，后来干脆完全放弃了睡眠。为了让自己不要闲下来，她在布莱恩早上八点起床之前，洗完了所有脏衣服，重新安排了餐具室。

“你确定？”布莱恩问道。

“是的。”她转身面向她的爸爸，挤出一丝微笑让他放心，“我和卢克不是那么熟。”

“没关系。看见那样的事情是会让你烦心的。”

“我会没事的。”她拉出他对面的椅子，坐下来。

布莱恩摊开报纸，每个周六早上他都这样做。尸体上了头版，所以他故意将它取出来，扔了出去，不让哈珀看见。

哈珀将手伸向桌子对面，抓过来填字游戏。布莱恩之前也在玩填字游戏，但是只填出一个或两个词后就放弃。他将笔滚到桌子对面，哈珀谢了他。

“我们要继续假装什么事情都没有发生吗?”布莱恩问道，喝着咖啡。

“我没有假装任何事情。”哈珀将膝盖拉向胸前，靠在上面填字谜，“发生了可怕的事情。我只是对此没有什么可说的。”

“我以前有没有跟你讲过特里·康奈利怎么去世的?”布莱恩问道。

“我不知道。”她停顿了一会，思考着，“我记得那是什么时候发生的，我当时好像只有五六岁。那是码头上的事故之类的，对吧?”

“是的。”他点点头，“一个重好几百磅的货盘从叉车上掉下来，砸中了他。他被砸倒，面部朝地。这一切发生的时候，我就在他旁边，他还活着，所以我坐着陪着他，直到救护车到来。”

“我不知道这件事。”哈珀将下巴搁在膝盖上，看着他说话。

“我们不是朋友，但是我们在一起工作了好些年，我不想他一个人，”布莱恩说道，“但救援小组终于到来的时候，他们必须升起货盘，然后才能将他弄出来。他的所有器官都被压出到两侧。你可以看见他的肠子被压碎在货盘底部，像一只死虫子一样晃来晃去。”

“哦上帝，爸爸。”哈珀露出痛苦的表情，“你为什么告诉我这个?”

“我告诉你不是要让你感到不舒服，”他安慰她，“我想说的是那是很可怕的。不知什么缘故，砸中他的货盘让他活着，我想，因为他们刚抬起货盘，他就死了。”

“很抱歉。”她说道，除此之外不知道还能说什么。

“这件事之后好几周，我一直做噩梦。你可以问你妈妈这件事，如果她仍然记得的话。”他倾身向前，将胳膊支在桌子上，“那件事发生的时候，我已经是一个成人，而且它只是一件奇怪的事故。没有人被谋杀或者留在树林里腐烂，但是它仍然困扰了我那么久。”

“爸爸。”她叹口气，靠到座位上。

“我无法想象你正在承受什么，亲爱的，”布莱恩温柔地说，“但是我的确知道你正在承受一些事情。承认这点没有关系。有时候被伤害和被吓倒并没有关系。”

“我知道。但是我没事。”

“我知道你不是总想跟我谈，但是我希望你可以跟某个人谈谈。”他喝了口咖啡，“你今天去亚历克斯家吗？”

她摇了摇头说：“不，吉玛在那边。”

“那又如何？他也是你的朋友。吉玛在他身边的时候，你也可以。”

“我知道，但是……”她耸耸肩。

“你仍然可以是他的朋友，即使他有了女朋友。”布莱恩停了一下，“吉玛是她的女朋友吗？”

“我不知道。”她摇了摇头，“应该是，我想。”

“嗯。”他皱皱眉头，“我想现在亚历克斯可能是个比较好的选择。”

“是的，可能吧。”她同意。

“你呢？”

“我什么？”

“你在与人交往吗？”

“爸爸。”哈珀叹息，从桌边站起来。

“哈珀。”布莱恩也叹息一声。

“为什么突然之间，所有人对我的爱情生活都这么感兴趣？”她走到冰箱旁边，拿了橙汁，“我没有和谁交往。”她给自己倒了一杯橙汁，喃喃道：“我不喜欢任何人。”

“每个人都对你的爱情生活感兴趣？”布莱恩问道，“每个人是谁？”

“我不知道。你呀。亚历克斯呀。”她感到难为情，大口喝下橙汁，这样就不用说话了，“我知道今天是周六，但是我觉得今天我不能去看妈妈了。”

“好的。”

“吉玛今天也没有空闲，但是也许明天她会想去看妈妈。”哈珀回头望向亚历克斯家，“我不知道。或者也许她不会。即使她不想去，我明天应该也会去。”

“好的，”布莱恩点点头，“很好。你去看你母亲对你很好。”

“你知道，可能你去看她会对你也很好。”哈珀小心翼翼地说道，但是听到她的建议，他明显地僵住了。

门铃响了，将他俩从关于哈珀母亲的尴尬谈话中解脱出来。他俩都不喜欢谈论她，至少不喜欢跟对方谈，但是一旦她的名字被提起，他们都觉得不得不讨论她。

“我去开门。”哈珀说道，虽然她仍然穿着睡衣，而布莱恩已经穿好了衣服。

她觉得可能是警察。他们说如果有更多问题会过来找她，但是她和亚历克斯之前其实都没能给他们提供多少信息。他们什么都不知道，除了到哪里找到尸体。

但不是警察，她发现丹尼尔站在门阶上。他朝着她微笑，起初，她只是站在那里一动不动，屋门大开，吃惊地盯着他。

“抱歉。我吵醒你了吗？”丹尼尔问道，“如果我打扰到你了，我可以马上走……”

“不，嗯，没关系。”哈珀摇了摇头，但是她突然意识到自己只穿了背心和女士短裤。本能地，她交叉双臂放在胸口，“我没有睡觉。”

“很好。”他挠挠胳膊，看着她，“我能进来吗？”

“哦，对，是的。可以。当然。”她退后几步，这样他能挤进来，他们在入口处尴尬地注视着对方，而不是在门阶上。终于，她脱口而出：“你来这儿干什么？”

“哦，嗯，我听说了你朋友的事情。”他淡褐色的眼睛里充满同情，“失踪的那个，我想过来安慰你。”

“哦。谢谢你。”她朝他淡淡一笑。

“我去了图书馆，看你今天是否在上班，”丹尼尔解释道，“我想看看情况，确认你没事，因为当你发现他失踪的时候，你看起来非常伤心。”

“我周六休息。”哈珀说，没有回答她是否没事。

“在那里上班的女孩也是这么告诉我的。那个女孩留着直刘海，脾气暴躁。”他将手抬起，放到额头前面，示意她的刘海正好落在眉毛上方的位置。

“那是玛莎。”

“那个你不能将她留在图书馆无人陪伴的同事？”丹尼尔问道。

“是的，”她笑了一下，丹尼尔注意到并且记得这点令她感到惊讶，“就是她。”

“她告诉我你住在这里，我希望我过来不是太怪。如果你想，我可以离开。”他走到他旁边的门边。

“不，不。”她摇了摇头，“没关系。而且我知道你住的地方，所以这样才公平，对吧？”

“我想是的。”他微笑起来，看起来放心了，“你还好吗？”

“很好。”她耸耸肩。

“哈珀?”布莱恩问道，从厨房走过来，“是谁?”

“爸爸，这是，嗯，丹尼尔。”哈珀指着他，“丹尼尔，这是我爸爸，布莱恩。”

“您好，先生。”丹尼尔向他伸出手，布莱恩迟疑地看着他，跟他握了握手。

“你看起来很眼熟，”布莱恩说道，“我是不是在哪里见过你?”

“你可能在我的船上见过我。”丹尼尔将双手放到他后面的口袋里，“脏鸥号。它就泊在码头。”

“哦。”布莱恩盯着他，试图弄清楚到底在哪里见过他，“你的祖父是不是达里尔·摩根?”

“那是我的爷爷。”丹尼尔点点头。

“他是我在码头的工头，”布莱恩说道，“当他去世时，我们失去了一个好伙计。”

“我们确实是。”丹尼尔同意。

“你过去常跟着他到码头，是吗?但是你只……”布莱恩抬起手到接近臀的位置，比画着过去丹尼尔到码头时他多么矮小，但是现在丹尼尔其实比布莱恩还高一英寸。“现在你长这么大了。”他看着哈珀，“而且你来见我的女儿。”

“爸爸。”哈珀低声说，看了他一眼。

“好吧。嗯，很高兴再次见到你，”布莱恩说，“我现在要到车库去弄吉玛的车。”他绕过他们，走到前门，但是当他打开门的时候停顿了一会儿，“不过我就在外面，如果你需要我。带着重型工具。”

“爸爸!”哈珀呵斥。

“玩得开心点，孩子们。”布莱恩说着消失在前门外面。

“对不起。”父亲走后哈珀说道。

“没关系。”丹尼尔调笑道，“我猜你没有许多男性追求者。”

“你是不是在暗示你是一个男性追求者？”哈珀挑起眉，看着他。

“我没有暗示任何事情。”他说道，但是他对着她的那种微笑，让她移开了视线。

“你想喝点什么吗？”她问，走向厨房，“我正好刚煮了一些咖啡。”

“咖啡很好。”

丹尼尔跟着她走进厨房。哈珀从橱柜里拿出两个马克杯，都倒满咖啡。当她递给丹尼尔咖啡的时候，他在餐桌边坐下，但是她仍然站着，宁愿靠着柜台，喝着她的咖啡。

“这真的是好咖啡。”丹尼尔喝了一口说道。

“谢谢。这是福尔杰咖啡。”

“好啦。”他将马克杯放在桌上，“你还没有告诉我你还好吗。”

“不，我说了。我很好。”

“是的，但是那是谎话。”他偏着头，看着她，“你真的还好吗？”

哈珀嗤笑一声，从他身上移开视线，局促不安地笑笑：“你怎么知道那是谎话？我为什么要说谎？”她摇摇头，“我为什么会不好？我的意思是，我只是知道其中一个人，我甚至都不是真正认识他。”

“你是一个拙劣的说谎者，”丹尼尔摇了摇头，“坦白说，你是我见过的最不会说谎的人之一。每次你说谎的时候，总是东拉西扯，眼神躲闪。”

“我……”她开始想反驳，接着却叹了口气。

“为什么你不想承认自己的真实感受？”丹尼尔问道。

“不是我不想。”她低头看着手中的咖啡，“而是……我觉得自己好像没有资格感到难过。”

“你怎么没有资格感到难过？你有权利有任何感受。”

“不，我没有。”她突然间想哭，“卢克是……我几乎不认识他。他的父母失去了儿子。亚历克斯失去了朋友。他们爱他。他们失去了一切。他们应该为此感到悲伤。”

她摇了摇头，仿佛那根本不是她想说的：“去年秋天我们交换了几个实在尴尬、草率的吻，然后我算得上是甩了他。”她咬着嘴唇，尽力不哭出来，“我的意思是，他是一个好人。我只是对他没有那种感觉。”

“因为你们交往过，然后分手了，你觉得不应该感到难过？”丹尼尔问。

“也许。”她摇了摇头，“我不知道。”

“那好，让我们这样看。我们忘掉你觉得应该怎样或不应该怎样。为何你不直接告诉我你现在真正的想法是什么？”

“不是……”哈珀用力地吞了下口水，打算不理会丹尼尔的问题，但是接着她改变了注意，“我无法停止回想起我们找到他时他的脸。有一只蛆爬在他的嘴唇上。”潜意识地，她一只手指划过自己的嘴唇，“那是我曾经吻过的嘴唇。”

“尸体散发出的那股恶臭，在我鼻尖挥之不去。无论我洗多少次澡或喷多少香水，我无法停止闻到这种气味。”她的声音沙哑起来，双眼溢满泪水。

“他的嘴唇和脸一直萦绕在我的脑海，而他的身体整个被撕裂了。”她指着自己的躯干，“他被撕开了，而且……我总是不断地想他当时会有多害怕。”眼泪滑下她的脸颊，“事情发生的时候，他肯定吓坏了。他们都死了。”

丹尼尔从桌旁站起来，走到她身边。他站在她面前，将双手放到她胳膊上，但是她没有看他。她紧紧地盯着地板，哭泣着。

"那天我们见过他，"哈珀继续说着，"他消失的那天，野餐的时候。我不住地想，要是我邀请他跟我们一起，他会仍然活着。当我看见他的时候，我心烦意乱，因为当时我们之间的一切都那么尴尬。他是一个好人！要是我……"

她这时开始抽泣，她的话淹没在哽咽中。丹尼尔从她手中拿过咖啡杯，放到她背后的柜子上。然后他伸出手，几乎是小心翼翼地，把她搂进怀里，抱着她。

"这不是你的错，"丹尼尔对她说，她伏在他的肩膀上哭泣，"你不能拯救每个人，哈珀。"

"为什么不能?"她问道，声音沉闷。

"这就是世界的法则。"

哈珀放任自己又哭了一会儿，丹尼尔用胳膊搂着她，让她既感激又羞愧。当她冷静下来后，她离开他的怀抱，擦了擦眼睛。他缩回胳膊，但是仍然站在她正前面，以防她需要他。

"抱歉。"她说道，手掌拍压着脸颊，擦干眼泪。

"不要觉得抱歉。我并不觉得。"

"嗯，你没有理由感到抱歉。你不是一个彻底的怪胎。"

"你也不是。"他将她额头上的一缕头发捋到脑后，她由着他，但是她没有抬起头看他。

"我知道你是对的。我的意思是，这不是我的错。"她抽泣着，"但是我就是无法停止想起那天野餐的情境。我的意思是，那天下午我们看见了他，而晚上他就失踪了。只要我说上一句，'嘿，为什么你不和我们一起呢'，而不是让他跟着那个女孩一起离开……"

"你不能这样为难自己。"丹尼尔摇摇头，"你又无法料到。"

"不，我应该料到。"突然想起什么，她的眼睛瞪大了，抬头看着他，“卢克活着的时候，我最后一次看见他，他正跟莱西一起离开。”

“谁是莱西？”丹尼尔问道。

“那些异常漂亮、古怪的女孩中的一个。”

“所以，他在野餐上跟这个叫莱西的女孩一起离开，然后失踪了？”丹尼尔问道，“你告诉警察了吗？”

“不，我是说，是的。”她摇了摇头，“我告诉了他们我知道的，但是那似乎并不重要。野餐后他回了家，跟他的父母一起吃了晚饭。在那之后他才离开，然后失踪了。但是他确实跟莱西离开了一小会儿。”

“你觉得莱西、佩恩和另外的那个女孩跟这起谋杀有关？这是你的意思吗？”

“我不知道。”哈珀说道，然后改变了注意，“是的，我确实这样觉得。我认为跟她们有关。”

“可能你要骂我大男子主义了，但是我不得不说，她们只是女孩。”他后退了一小步，远离她，仿佛怕她揍他一样，但是她没有，“我知道现在是新世纪，提倡男女平等，女孩跟男孩一样也可以是连环杀手。但是那三个女孩真的看起来不像有那么大的臂力，你知道，将某人开肠破肚。”

“我知道，但是……”她皱了皱眉头，“她们是邪恶的，她们有办法做到。我可能还不知道如何做到的，但是我知道她们能。”

丹尼尔注视着她一会儿，想了想，然后点点头说：“是的。我相信你。接着怎么办？”

“我不知道。”她叹了口气，“但是我不会让吉玛再靠近她们了。我会将她捆在床上，如果我不得不这样做。”

“那听起来有道理。”

“非常时期必须采取非常措施。”

"吉玛在哪里?"丹尼尔问道。

"她到亚历克斯家去了。"哈珀指指隔壁的房子,"她在安慰他。"

"那么我们知道她是安全的,有人照顾的?"丹尼尔问,她点点头。"很好。既然这样,我们何不做一些你想做的事情?"

"比如?"

"我不知道。你想做什么?"

"嗯……"她的肚子咕噜咕噜叫起来,哭泣总是让她饥饿,"我想吃早餐。"

"真是奇怪,"丹尼尔笑着,"因为我喜欢做法式吐司。"

"这正好,不是吗?"

哈珀和丹尼尔一起做了早餐。她的爸爸闻到香味走了进来,他们三人一起吃早餐。局面本来可能会有点尴尬,但是事实上却没有。丹尼尔对布莱恩充满敬意,谈吐风趣,布莱恩似乎喜欢他。

她知道当丹尼尔离开后,她的爸爸肯定会有很多问题等着要问她,而她还没有准备好如何回答。但是她觉得这一切都值得。

## 第二十一章

# 海　岛

重回海岛带来很多回忆。无论是哈珀还是她的父亲，都已经太久没有出海去拜访伯尼·麦阿利特里，因此当布莱恩邀请哈珀下午一起去拜访他的时候，她欣然答应了。

吉玛仍然在亚历克斯家，所以只有他们两人过去，这有点遗憾，因为吉玛也一直很喜欢伯尼。虽然坦率地说，哈珀并不肯定她是喜欢这个老人还是喜欢海岛。

布莱恩从朋友那里借了一艘船出海到海岛上，他将船停靠到伯尼的码头，几乎隐藏在向外生长到水里的落羽松树林里。有一条狭窄的小路通向船屋，除此之外，这个岛上几乎长满了柏树和火炬松。耸立在他们身边的树木几乎比小岛的宽度还要高。

“哟！”伯尼喊道。

哈珀遮挡着穿过树叶射到眼睛上的灿烂阳光，但是她怎么也看不见伯尼。

“伯尼？”布莱恩问道。他自己先爬下船，上到码头，然后帮助她的女儿也这样上了码头。

“我就觉得来访的是你，”伯尼说，哈珀终于看见了他，他正沿着小路跑过来，挥着手，“我没有想到今天会有访客，不过真是一个惊喜。”

“我试了给你打电话，”布莱恩说道，“但是号码不对。你这里还有电话吗？”

伯尼摆摆手说："风暴总是将它刮走，所以我干脆不要了。"

"我们没有打扰到你吧？"哈珀问道，跟着她的父亲走向码头与伯尼会合，"我们不想打扰你。"

"打扰？哈，"伯尼用他伦敦腔的语调笑道，"你这样漂亮的女孩来访永远不会是打扰。"他朝她眨眨眼，惹得她一阵大笑："这个老头子也不赖。"

"最近如何，伯尼？"布莱恩问道。

"没什么可抱怨的，虽然我仍然抱怨。"伯尼转过身，开始领着他们沿着码头走去，指着四周的树木给他们看，"来吧。我来给你展示一下我在这个地方做了什么。你离开后，这里有一些改变。"

当她跟着伯尼沿着磨损的小路走向他的房子时，哈珀觉得这里看起来没有很大的变化。扑鼻而来的仍然是松树和锦葵的气味，跟她记忆中的一样。当伯尼和她父亲谈论着过去一年左右他们都在干些什么的时候，哈珀在他们身后放慢脚步，闲逛着，欣赏着她童年时代曾经待过的地方。

她到了十二岁左右的时候——她父亲开始觉得到了可以将她独自留在家里照看吉玛的年纪——他们出海来与伯尼一起待着的时候越来越少，但是在此之前，这里是他们的第二个家。

在他的房子后面，哈珀肯定如果她找的话，仍然会找到她和吉玛用树枝和旧木建造的城堡。他们用钉子和木头进行了固定，伯尼答应要永远为她们留着。

当他们到达他的小屋时，她注意到它比她记忆中的更破旧，但是在它这样的年岁，它的状态已经算是很了不起的了。藤本植物覆盖在一面，伯尼只是修剪了窗户周围的部分。

伯尼将他们带着绕到屋子背后的时候，哈珀终于发现“大改变”是什么了——他开垦了一块菜园。一大丛玫瑰，盛开着紫色花朵，长在中央。这是他妻子去世之前刚刚种下的，这块菜园，是他唯一真正关心的东西。

“哇，伯尼！”布莱恩说，伯尼菜园里的蔬菜种类让他震惊了，这里有西红柿、青椒、黄瓜、胡萝卜、萝卜和生菜。这块菜园几乎有他家那么大。

“很多，对吧？”伯尼自豪地笑道，“我到农贸市场销售。它可以补充老人退休金。你知道我的生活多么奢侈的。”

“真让人惊叹。”布莱恩承认，“但是如果你手头很紧，你知道……”

伯尼抬起手，阻止他继续说下去：“我知道你有两个女儿要照顾，而我生命中从来没有任何一天领取过救济。”

“我知道。”布莱恩点点头，“但是如果你确实需要任何帮助，你总是可以来找我。”

“哈。”伯尼摇了摇头，然后走进菜园，搓着双手，“你想来点甘蓝吗？”

当布莱恩和伯尼讨论布莱恩要带回家什么蔬菜的时候，哈珀朝树林走去，希望看看她的老城堡。出海来到这里就像踏入了特雷比西亚仙境一样。

在她孩童时代一些最美好的记忆里，她和吉玛经常在那些树林中奔跑，通常是因为她们被这种或者那种假想的怪兽追赶。几乎总是吉玛转过身，面向怪兽。

哈珀总是负责发明游戏，向吉玛活灵活现地解释可怕的怪物会长什么样子，怪物需要两个小女孩，磨碎后制成面包。

但是吉玛总是会打败怪物，要么是用假装成是一把魔法剑的棍子，要么是向怪物丢石头。她只会跑那么一段，然后就停下来反击。

哈珀穿过树林的时候，一阵微风拂来，混合着海洋和松树的芳香。微风也卷起了隐藏在树木之间的一根羽毛。当它飘过哈珀身边，她弯下腰，捡起来。

羽毛大得惊人——好几英寸宽，超过两英寸长。从上到下整个都是深黑色，甚至包括中间的羽脊。

“啊，你找到了一根羽毛!”伯尼在身后说，她转身望着他。

“你知道这是从哪里来的吗?”哈珀问道，举起来，这样他可以更清楚地看见这根奇特的羽毛。

“一种很大的鸟身上的。”伯尼小心翼翼地穿过菜园，走向她，“但是我不知道这是什么鸟。不像我见过的任何鸟类。”

“它看起来是什么样子?”哈珀问道。

“我没能够看清楚它，但是我可以向你保证，它很大。”他将胳膊尽可能地伸开，示意给哈珀看，“当我看见它飞过房子的时候，它展翅的速度快。太阳正在下沉，开始我以为是飞机，但是翅膀在拍打着，一根羽毛掉了下来。”

“我不知道我们这里有这么大的鸟，”布莱恩说，望着正在解释的伯尼，“听起来像是秃鹰，也许是。”

“我的视力不比以前了，这点我承认，但是甚至连它们发出的声音听起来也不对，”伯尼说，“我听见过它们在岛上盘旋，发出各种古怪的咯咯声。开始我以为是海鸥在学着大笑，但是接着我意识到这说不通。”

“也许你发现了某种新的鸟类，”布莱恩笑着说，“我们可以将它命名为伯尼鸟。”

“那正是我梦想的。”伯尼大笑。

他们回到菜园去采摘蔬菜，忘记了羽毛的事情，哈珀走过去帮忙。他们摘完的时候，伯尼让她将一辆手推车装满农产品，他可以带到农贸市场去。

布莱恩和哈珀又待了一会儿，坐在后院里，回忆过去。后来，伯尼看起来累了，所以他们跟他道别。伯尼一直将他们送到码头，当他们上了船之后，他站在那里，向他们挥手道别。

# 第二十二章
# 坦 白

当亚历克斯告诉她卢克死了的时候，吉玛马上意识到海妖与这件事有关。在亚历克斯告诉她之后的第一个小时内，她一直努力克制自己不要吐出来。她喝的肯定是卢克的血，佩恩在那份将吉玛变成海妖的药剂里用的凡人的血。

当亚历克斯跟她解释他们在哪里发现尸体的时候，更加重了她的恐惧。那就是为什么当警察开始搜索花岛湾旁边的树林时，希雅坚持要离开的理由。

亚历克斯的怀疑和吉玛不一样。他试着猜测卢克和其他男孩发生了什么事情，但是他无法理解。一遍又一遍，他困惑地瞪着双眼问道："为什么会有人对另一个人那样做？"

吉玛只是摇摇头，因为她也真的不知道答案。她唯一的直觉是做这件事的不是另一个人类——它是个怪物。她仍然没有完全明白海妖是什么，但是毫无疑问，她们是邪恶的。

宽慰亚历克斯的一个好处是她没有多少时间想到自己或者担心是否她也是邪恶的。她所有的精力都用来确保亚历克斯的感觉是否好点了，尽她所能让他开心。

除了当他最初告诉她卢克的死的时候，亚历克斯再也没有哭。大部分的时间，他只是坐在那里，下巴紧绷，目光游疑。吉玛陪着他直到周五很晚的时候以及周六整天。

周六傍晚，他的头埋在她的膝上，她抚着他的后背，他低声说："我无法停止看见它。每次我闭上眼睛，我都能看见它。”

“什么?”吉玛问,“你看见什么?”

除了告诉她他发现了尸体,亚历克斯实际上没有说太多。他拒绝告诉她任何细节,每当她敦促他告诉她更多信息的时候,他只是摇头。吉玛甚至不知道卢克是怎么死的或者他发生了什么。

“我不能。”他的声音沉闷,摇了摇头,“我甚至无法用语言表达。这是我见过的最恐怖的事情。”

亚历克斯抬头看着她,他的眼睛搜寻着她的脸。将她脸上的头发拨到脑后,他勉强向她挤出一丝微笑。

“你不需要知道,”他告诉她,“你不需要让那幅画面煎熬你的心灵。你是那么的甜美可爱,不应该面对这么可怕的事情。”

“我不是。”

“你是,”他坚持,“这是一部分原因,为什么我……”他舔了舔嘴唇,望着她的眼睛,“这是为什么我爱上了你。”

吉玛俯身亲吻他,部分原因是为了防止自己哭出来。这是她想要的,是她希望的,但是……她现在不能得到它。她不配。

邪恶的生物让亚历克斯受到了如此的精神重创,而吉玛是其中的一部分。也许还不完全是,但是她正在变成一个怪物。

好几次,她想过要告诉哈珀或亚历克斯关于海妖的事情。在她发现自己变成了海妖之前,吉玛就要告诉哈珀发生在自己身上的这些奇怪的事情。

现在发生了谋杀,并且知道自己与她们有关联,吉玛绝不能告诉哈珀、亚历克斯或者她的父亲了。

但是有一个人她也许可以跟她谈,这个人对现实的把握变得如此脆弱，她绝不会怀疑吉玛的故事——她们的母亲。

“亚历克斯怎么样?”当她周日早上开车和吉玛一起去看她们母亲的时候，哈珀问道。

“你是指我们的关系，还是他的整个生活?”吉玛问道。她无精打采地坐在副驾驶座上，戴墨色的太阳镜看向窗外。

“嗯，都是。”哈珀瞟了她一眼，似乎惊讶于她的妹妹说了这么多。

通往雅岭庄园的整个二十分钟车程中，她们几乎不怎么说话，虽然哈珀许多次试图交谈。现在她们几乎到了疗养院，吉玛终于开始回答完整的句子。

“很好，我觉得。两方面都是。”吉玛用力拉了拉耳朵，试着减轻水之谣的影响。但是它似乎变得更吵了，无论她怎么努力，它的噪声变得令人发狂。

“嗯，我很高兴你今天跟我一起来看妈妈，”哈珀说道，“我知道与亚历克斯分开让你很为难，但是妈妈喜欢看到你。”

“关于这点，”当她们停在疗养院前面的时候，吉玛转向她的姐姐，“我今天想独自见妈妈。”

“你是什么意思?”哈珀关掉汽车，眯着眼看着吉玛。

“我需要单独跟她谈谈。”

“为什么？关于什么?”

“如果我想告诉你，我不会需要独自见妈妈。”吉玛指出。

“嗯……”哈珀叹了口气，然后从前窗看出去，“你为什么等到现在才告诉我？你为什么不自己一个人过来这里?”

“我的车坏了，而我知道你绝不会让我自己一个人去任何地方，”吉玛说，“事实上我有点吃惊，你竟然让我自己一个人走到亚历克斯的家。”

“不要这样说。”哈珀摇了摇头，“别把我说得像一个坏蛋。与那些可怕的女孩们混在外面不知在搞什么鬼名堂的人是你！我们不相信你，这都是你的错。”

“哈珀。”吉玛叹息，“我从未说过这不是我的错。”

“你最近的行为太疯狂了，”哈珀继续说道，似乎她完全没有听进吉玛说的任何事，“最重要的是，有一个连环杀手还逍遥法外。我还能怎么做？就这样让你像脱缰的野马？”

“上帝！你不是我的妈妈，哈珀！”吉玛呵斥。

“她是？”哈珀指着她们身边的疗养院。

吉玛看着她，仿佛她是白痴一样：“嗯，是的，她是。”

“也许她以前是，但是并非因为她本人的过错，她不得不放弃。过去九年里是谁在养育你？谁帮助你做家庭作业？当你不回家的时候，是谁整夜担心你，当你宿醉未醒和自责时，又是谁在照顾你？”哈珀追问。

“我从来没有要求你做任何事！”吉玛冲她喊道，“我从未要求你照顾我！”

“我知道你没有！”哈珀怒吼道，仿佛这样可以证明什么。她颤抖着呼出一口气，然后重新开口，她的声音变得柔和得多，“为什么你能告诉她你发生了什么事情，却不能告诉我？”

吉玛低头看着她的膝盖，拉扯着短裤磨破的边缘，没有说话。要是她回答这个问题，她将不得不放弃掉什么。她不能让哈珀知道她变成了什么。

“行。”哈珀坐回她的座位，将车打着，打开收音机，“去吧。帮我向妈妈问好。我会在这里，等着。”

“谢谢。”吉玛低声说，下了车。

通常情况下，当她们来访的时候，娜塔莉会冲出来跟她们打招呼，但是今天她没有。这可能是一个不好的征兆，但是吉玛需要跟人谈谈，而她是目前唯一会理解的人。

当吉玛到达前门的时候，她已经可以听到里面传来的叫喊声。她打起精神，敲了敲门，等在外面。

“你总是不让我做任何事情！”当一个工作人员打开门的时候，娜塔莉在后院大喊，“这是个该死的监狱！”

“哦，嗨，吉玛。”贝基朝她疲惫地笑笑。贝基不比哈珀大多少，但是她过去两年一直在疗养院工作，所以她已经很熟悉这两个女孩和她们的母亲。

“她今天怎么样？”吉玛问道，即使她可以听见她今天的状况。从另一个房间传来声音，娜塔莉又开始咒骂，并且重重地摔了什么东西。

“不怎么好。但是也许你可以让她高兴起来。”贝基退后，让吉玛可以进到里面，“娜塔莉，你的女儿来了。也许你应该冷静下来，跟她说说话。”

“我不想跟她说话！”娜塔莉吼道。

吉玛退缩了一下，但是很快甩开这种情绪。她取下太阳镜，朝疗养院里面走去。她发现娜塔莉在餐厅里，站在餐桌旁边，瞪着餐桌另一面的工作人员。娜塔莉双腿叉开，眼睛瞪得老大，看起来就像即将猛扑的动物。

“娜塔莉，”贝基说，放缓语调，“你女儿开了老远的车过来看你。你至少应该跟她打声招呼。”

“嗨，妈妈。”吉玛招招手，当娜塔莉看向她的时候。

“吉玛，把我从这里弄出去。”娜塔莉说，愤怒地瞪着她对面的工作人员。她抓起前面的椅子，摇动着，椅子撞在地板上，砰砰作响，“把我弄出去！”

“娜塔莉！”贝基靠近她，将她的手举高，手掌打开，“如果你想见你的女儿，你需要冷静。这种行为是不被容忍的，你知道。”

娜塔莉后退几步离开椅子，将双臂交叉放在胸前。她的目光飞速地扫过房间，无法停留在任何东西上，她正思考自己的下一步行动。

“好吧。”她点了点头，“吉玛，我们去我的房间。”

娜塔莉实际上是跑回了她的房间，吉玛跟着她。贝基正跟娜塔莉说她仍然要守规矩，否则她的女儿必须离开。她们刚到她的房间，娜塔莉“砰”的一声关上了卧室门。

“贱人。”娜塔莉在关闭的门边咕哝着。

通常当吉玛来访的时候，她妈妈的房间都是很干净的。不是因为娜塔莉是一个爱干净或者喜欢收拾的人，而是因为如果太乱了，工作人员会来帮她整理。今天这里整个是灾难区。衣服、光盘和珠宝，所有东西在房间扔得到处都是。她的立体声播放机被摔碎在一个角落里，她喜爱的贾斯汀·比伯海报被撕成了两半。

“妈妈，今天发生了什么？”吉玛问。

“你必须将我弄出去。”娜塔莉从地板中间的一堆杂物中抓出一个粉色背包，然后在房间里飞快地走来走去，抓起衣服和废弃物塞到里面，“你有一辆车，对吧？”

“我的车坏了。”她在手中把玩着太阳镜，看着她的母亲试着将一只尼龙搭扣锐步鞋塞进她的包里，虽然背包已经被塞满了，“妈妈，我不能把你从这里带走。”

娜塔莉立刻停下了正在做的事情，半蹲在地板上，手里还拿着鞋和包，抬头看着她的女儿问：“那么你为什么来这里？如果你不是来带我走。你来这里就是为了羞辱我吗？”

“羞辱你什么？”吉玛摇了摇头，“妈妈，我每周都来拜访你。我只是来看你并和你说话，因为我想你，爱你。我们总是周六过来，但是最近家里发生了很多事情。”

“所以我必须待在这里？”娜塔莉站起身，将包和鞋丢到地上，“多久？”

“我不知道。但是这是你住的地方。”

“但是他们不让我做任何事情！”娜塔莉抱怨。

“你住的任何地方都有规则，”吉玛试着跟她解释，“你永远不可能随心所欲。没有人可以。”

“嗯，这真讨厌。”她厌恶地环视了一番房间，踢了踢一只泰迪熊，这是吉玛在母亲节的时候送给她的。

“听着，妈妈，我能跟你谈谈吗？”吉玛问道。

“我想可以。”娜塔莉叹口气，走到床边，重重地倒在床上，“如果我不能离开，我们可能只能谈谈了。”

“谢谢。”吉玛在她旁边坐下，“我需要你的意见。”

“关于什么？”娜塔莉抬头看着她，好奇有人找她帮忙。

“现在发生了很多事情，所有一切都如此疯狂。”她咬着嘴唇，然后看着娜塔莉，“你相信有怪物吗？”

“你是指真的怪物？”她的眼睛睁大，倾身向前，更靠近吉玛，“是的。我当然相信。为什么？你看见了吗？它长什么样子？”

“事实上，我不知道。”吉玛摇了摇头，“这似乎有点棒，但是我知道这是不对的。”

“嗯，怪物长什么样子？”娜塔莉问道。她将腿拉到身下，盘腿坐着，面对吉玛。

“我想它像美人鱼。”

“美人鱼？”娜塔莉倒吸一口气，眼睛瞪得更大，“哦，上帝，吉玛，那真是棒极了！”

“我知道但是……”她耸耸肩，“她们希望我加入她们，像她们一样做美人鱼……”

“哦，吉玛，你必须去！”娜塔莉不等她说完自己的想法就打断她，“你必须做美人鱼！那将是整个世界上最神奇的事！你可以一直游啊游，永远！再也没有人会告诉你该做什么。”

“但是……”她用力地咽了一下，盯着手上的太阳镜，“但是我觉得她们正在做坏事。她们伤害人。”

“美人鱼伤害人？”娜塔莉问道，“怎么伤害？她们为什么要那样做？”

“我不知道。”她摇了摇头，“但是我知道她们做了。我觉得她们可能是邪恶的。”

“哦，不。”娜塔莉咬着大拇指指甲，认真地考虑着她女儿的故事。

“所以我觉得如果我跟着她们走，我会不得不伤害人。”吉玛抬起头，试着让眼泪倒流回眼睛。

“那就不要跟她们走。”娜塔莉摇了摇头，“你不想伤害人。是吧？”

“是的，”她承认，“我真的不想。但是……有一个男孩……”

“男孩？”娜塔莉大笑，抓着吉玛的胳膊，“他可爱吗？你吻了他没有？他长得像贾斯汀吗？”

“他很可爱。”她母亲如此激动地注视着她，吉玛情不自禁地跟着她笑起来，“我们接吻了。”娜塔莉高兴地尖叫起来。“我觉得我们真的，真的喜欢对方。”

“那太好了！”娜塔莉拍着手。

“是的，但是如果我跟着美人鱼离开，我就必须离开他。我也不能再见到你。我将不得不永远离开。”

“哦。”她皱起眉头，“嗯。如果你留下来，会发生什么？如果你不跟美人鱼走？”

“我不是很肯定。但是我觉得……”吉玛深吸了一口气。她不想告诉她母亲她会死去，因为她不知道娜塔莉是否能承受这个消息，“坏事会发生在我身上。”

“所以……”娜塔莉的脸部困惑地扭曲着，她试着理解，咬着一缕长发，“如果你跟着美人鱼走，你可以永远游泳，但是你将再也不能看见我，而且你可能不得不干坏事。”

“对。”

“但是如果你不跟着她们走，坏事会发生在你身上？”娜塔莉问道，吉玛点点头，“如果你留在这里，你仍然能够来看我，见那个你喜欢的男孩吗？”

“我不知道，”吉玛摇了摇头，“我觉得不能。”

“那么，我觉得你知道自己需要做什么了。”

“是吗？”

“是的，”娜塔莉点点头，“你必须跟她们走。”

“但是我将不得不伤害人们。”吉玛提醒她。

“没关系。”娜特莉耸耸肩，“你不会受到伤害。无论选哪种，你都不能再见到我或者你的男朋友。所以选择最后分解成做美人鱼还是被伤害。你不能被伤害。”

“我不知道。”吉玛将视线移开，“我不认为我能伤害人们。”

“吉玛，听我的。我是你的母亲。”娜塔莉抓起她的手，用力地捏着，“我再也不能照顾你。我希望我可以，但是我知道我不能。所以你必须自己照顾自己。”

吉玛深深地吸了口气，点了点头：“好。但是我可能再也不能来这里了。”

“因为你要离开，做美人鱼？”娜塔莉问道。

“是的，”吉玛点点头，眨着眼睛忍着泪水。吉玛接着抱了抱母亲，知道这可能会是她见她的最后一次，“我爱你，妈妈。”

“我也爱你。”娜塔莉也抱了她，但是只一会儿，因为她不能长时间地坐着不动。

当她离开的时候，娜塔莉正告诉所有工作人员她的女儿要离开去做美人鱼了。

# 第二十三章
# 和　平

如果这将是她最后一晚待在家里，吉玛希望能够充分利用这个晚上。她仍然没有决定自己到底会怎么做，但是她知道她再也不能留在这里了。

虽然她没有感觉到，但是吉玛尽量表现得愉快和开心。她跟父亲在车库里待了一下午，帮助他修理她的车。他们从未成功地将这该死的东西启动，但是这其实没有什么关系。她只是想跟她的爸爸待在一起。

当她爸爸去收拾其他的东西后，吉玛又去帮哈珀做晚饭。由于她几乎从未帮助过她做晚饭，哈珀一开始还不敢相信。不过后来，当她看见吉玛这样表现并不是要试图骗取他们缩短禁足时间的时候，她为她的体贴感到温暖。

晚餐感觉好像是好久以来他们享受的第一次家庭聚餐。他们三人都说着笑着。没有人提到吉玛最近的不良行为或者是连环杀手逍遥法外的事，也将死去的男孩抛在身后。那些事情虽然仍像乌云一样，压在他们心底，但是这个晚上，他们故意将这一切抛在脑后。

“哈珀，我来做吧。”晚餐后，当哈珀将碗放到洗碗机的时候，吉玛主动提出。

她们的爸爸已经回到客厅里，美味的猪排让他吃撑了，吉玛和哈珀留在厨房。哈珀收拾桌子的时候，吉玛将剩下的猪排和红土豆放到家用塑料盒子里。

“不，我来。你把晚饭收走。”哈珀在水槽里将一个盘子冲洗干净，然后放到洗碗机里，她奇怪地看了一眼吉玛，“你怎么啦?”

“什么?”

“这样做。”哈珀朝吉玛挥挥手，不小心弹了几滴水到她身上，“过去一周你一直在家里闷闷不乐，今天，你突然就高兴起来，肯帮忙啦?”

“我总是很高兴，不是吗?”吉玛问道，将家用塑料盒子放进冰箱，“我有时也是肯帮忙的。只是最近我一直有点奇怪。所以今天我又重新回归正常了。”

“好吧，”哈珀挑起眉，似乎不怎么相信她的妹妹，“什么改变了?”

吉玛耸耸肩，从水槽里抓起一块湿抹布。她走到餐桌旁，开始擦桌子。

“是妈妈说了什么吗?”吉玛没有回答她，哈珀追着问道。

“不是。”吉玛停顿了一会儿，思考着该如何表达，“我想我意识到了我应该珍惜我所拥有的。”

“嗯哼。”哈珀已经将洗碗机装载完成，她打开开关，然后转身面向着她的妹妹，“你拥有什么?”

“你是什么意思?”吉玛已经将桌子擦干净，所以她移到柜台旁边。

“你说你在珍惜你拥有的。你到底拥有什么?”

“嗯，首先，我有父母。”吉玛停止洗刷柜台，靠着它，“他们都活着，而且基本健康，这是许多人都不拥有的。我知道他们都非常爱我，爸爸甚至愿意将自己的假日用来徒劳地修理我的那辆垃圾车。”

“是的，爸爸是一个了不起的人。你的姐姐呢?”哈珀戏谑地笑着问道。

“我的姐姐是一个专横、自以为无所不知、控制欲极强的怪胎。”吉玛说道，但是她对着她微笑，“但是我知道她只是试着保护我，照看着我，因为她是那么爱我。可能太爱我了。”

“不错。”哈珀承认，意味深长地看了吉玛一眼。

“有时候这让我抓狂，但是在我内心深处，我一直知道有人如此关心我，我是幸运的。”吉玛垂下眼睛，“我真的是太幸运了，这么多人关心我，我有幸拥有这么多……所有一切。”

吉玛摇了摇头，悲伤地朝她笑笑说：“我只是希望你知道，我知道你是一个了不起的姐姐。”

一时之间，她们只是望着彼此。哈珀的眼睛湿润了，有那么可怕的一会儿，吉玛肯定她会哭。如果哈珀哭了，吉玛也会哭，整个场面将会变成两人哭得一塌糊涂，她不希望这样。

“就这样。”吉玛拿起抹布，重新开始擦柜台。

“你为什么这么奇怪？”哈珀问道，平静下来。

“又不是我想的。”吉玛其实已经将柜台擦洗得一尘不染，或者至少这块破旧的、带裂纹的压板再也不可能更干净了。但是她仍然擦洗着，因为这样她可以避免看着哈珀。

“是因为卢克的事吗？”哈珀问道，吉玛僵住了。

“我不想谈这个。今晚不想。”她用力地咽了口口水，转过身，面向姐姐，将抹布扔进水槽里。

“好。”哈珀靠在柜台上，双臂交叉在胸前，“你想谈什么？”

“爸爸告诉我丹尼尔昨天过来吃了早餐。”

哈珀脸羞红了，低下头，试着让她黑色的头发掉下来，遮住脸庞。但她的做法只惹得吉玛一阵大笑。

“他只是顺便拜访，而我们碰巧在吃早餐，”哈珀说道，“没有什么。”

“没有什么？”吉玛怀疑地挑起眉毛，“丹尼尔从什么时候开始顺便拜访？我觉得你甚至都不喜欢他。”

“我不喜欢他，”哈珀坚持，但是她甚至不敢看吉玛，“我为什么会喜欢他？我都不怎么了解他。他住在一艘船上，没有真正的工作。我几乎不认识他。我们很少说话。”

“哦，我的上帝，哈珀。”吉玛翻翻白眼，“你喜欢他，而且我见过他忍受你的废话，这样来看，我猜他也喜欢你。有什么大不了的？”

“没什么大不了的。根本什么事都没有。”哈珀在妹妹的指责下局促不安，“他人很好，我想，但是我很快要离开这里去上大学……”

“还有两个多月的时间呢，”在哈珀又要开始她那一套之前，吉玛打断她，“没人要你嫁给这个人，只是开心开心。夏日罗曼史，享受一下生活吧。”

“我不是没有享受生活。”哈珀将一缕散落的头发塞到耳朵后，“如果我不弄明白跟某个男人鬼混几周的意义，如果我不是秋天要离开，可能会不同。”

“不，不会。”吉玛纠正她，“在此之前，你不能约会，因为你不得不照顾我或者保持在学校的好成绩。接着又因为你要离开去上大学，一旦你到了大学，你不会有交朋友的时间，直到你毕业，然后你又没有时间，因为你要找工作，然后又会有其他事情。”

“嗯……”哈珀拨弄着手指上的戒指，“所有那些事情都是真的。”

“并不是。许多其他人做到了兼顾上学和生活，”吉玛说，“我列出的所有事情，那些都只是借口。”

“专心学习是一个有效的生活决定，”哈珀反驳，“我们没有钱上大学，要不是我拼命学习争取到奖学金，我就不能去上学了。”

“是的，我知道。”吉玛叹了口气，“但是你一直用我和学习作盾牌，不与其他人接近。我不会总在你身边起缓冲作用的。迟早有一天，你要与其他人建立真正的关系，否则你可能会孤独终老。”

“哇。”哈珀阴郁地笑笑，“你说得我好像是一个老处女。”

“不，你不是。我甚至想都没想过。我只是……我说这么多的意思是，这个夏天与丹尼尔一起度过一些时间也许不会是什么坏事。”

直到说出来，吉玛才意识到她正在干什么。她试着照顾哈珀。如果吉玛今晚离开，她需要知道她的姐姐不会独自一人，她会有人可以依靠。哈珀认为自己不需要任何人，但是吉玛认为她需要，显然，丹尼尔看透了她的行为，也知道这点。

无意识地，吉玛走过去抱住她的姐姐。哈珀呆站在那里一秒钟，吃惊、困惑，然后她双臂环绕着吉玛，也抱紧她。

“我不知道你怎么了，”哈珀说，“但是我觉得我很开心。”

她们收拾完厨房之后，哈珀走上楼去看书，如往常晚饭后一样。吉玛留在下面的客厅里，与爸爸一起看了一会儿电视。当他站起来去睡觉的时候，吉玛抱了抱他，告诉他她爱他。

哈珀通常读书熬夜到很晚。吉玛不得不等她睡着后才离开，所以她假装睡觉去。水之谣在晚上似乎总是更糟糕，它让她几乎整晚失眠。

她让卧室的房门开着，盯着从哈珀的房门底下透出的丝丝光线。当它终于关掉的时候，表示哈珀要睡觉了，吉玛又等了半个小时，确保万无一失。

吉玛没有打开她自己房间的灯，在房间里蹑手蹑脚。她的背包挂在衣柜门上，她开始往包里装私人用品。不过，很难知道带什么。

她甚至不确定她是否会跟着海妖离开。她只是知道自己不能留在这里。如果她选择去死，她不想自己的家人目睹这一切。如果他们只是认为她离家出走了会更好。然后他们会想象她正在某个地方活着。

她真正能为家人做的唯一一件事情是留给他们一些希望。

最后，她决定带一些衣服以及她床边的相框，里面是她、哈珀和她妈妈。其他一切，她都留在她的房间里。

离开之前，她在卧室门口停了停，想着要不要留一个纸条。但是她要说什么呢？她能告诉他们什么呢？

吉玛走到外面，尽可能轻地将后门关上。她望向隔壁亚历克斯的家，他卧室的灯亮着。窗户打开着，她能隐隐约约听见他正在听什么音乐。

一整天，吉玛一直在努力将自己的生活安排得妥当，但是她故意避开亚历克斯。离开她的姐姐和爸爸已经够困难了。她觉得自己承受不了与亚历克斯交谈。

所以她低下头，穿过草坪。她穿过他的后院，因为这是到达花岛湾的最快路径。当她来到外面的时候，水之谣更加闹腾了，恳求着她去游泳。

“吉玛！”亚历克斯的声音从她背后传来，她听见他的纱门“砰”的一声关上。可是吉玛只是继续向前走，所以他追着她，“吉玛！”

“嘘！”她转过身。如果她不跟他说话，他会闹出很大的动静，惊醒她的姐姐，“你在外面干什么？”

“我从窗户看见你了。”他停在离她几步远的地方，“你在外面干什么？”

“对不起。我必须离开。”

“你不应该一个人待在外面，杀手还没有被抓到。”他向他的房子退后一步，“我去穿鞋，我和你一起。”

“不，亚历克斯。”她摇了摇头，“我要永远离开。”

“什么？”即使是在朦胧的月光下，她都可以看见他脸上的受伤和困惑，“你要去哪里？”

“我不知道，但是你不能跟着我。”

“什么？”他走向她，可是当他走近时，她往后退去。

“亚历克斯，我办不到。”

“什么？”亚历克斯问道，“你办不到什么？”

“跟你说再见。”她将眼泪吞回去，试着忽略心里的痛苦。

“那么不要，”他简单地说，“留在这里，和我一起。”

“不，我不能。”她开始往后退，他跟着她，叫着她的名字，“不，亚历克斯。你不能跟着。我不想你跟着。”

“吉玛，如果出了什么事，我可以帮忙。”

“不。”她摇了摇头，意识到可以阻止他的唯一办法是伤害他，“你不懂，亚历克斯。我不想要你。我甚至不喜欢你。你很无趣、乏味。我只是利用你，因为你有车，但是……我不再想要你了。”

他整张脸沉了下来：“你不是说真的。”

“我是，”她坚持，“所以别管我。我再也不想看见你。”

她转过身，狂奔而去。她破碎的心怦怦直跳，吉玛逼着自己以最快的速度跑着。

泪水模糊了她的视线，但是这没有关系。反正她不需要看清自己正要去什么地方。大海召唤着她，告诉她到底需要去哪里。

# 第二十四章
# 怪 物

当吉玛跳进水里时，歌声终于停止了。她的双腿变成了尾巴，她深深地吸了口气。

变身成美人鱼让水之谣安静下来，她闭上双眼，留意听着海妖的动静。她无法听见她们，无法准确地听到，但是她可以感觉到她们。海妖牵引着她，如大海牵引着她一样。

如果她们没有那样的联系，吉玛可能永远不会找到海妖。出乎意料地，她没有去海湾，而是被牵引着往大海深处去，到了离花岛湾几英里远的伯尼岛。

还没有浮出水面，吉玛就听到了喧嚣的音乐声。是金莎的音乐，而这不像伯尼会听的音乐。

吉玛将自己拖上码头，这比听起来更难，因为她不能用自己的鱼尾巴来帮忙。从这个角度，她可以通过树林看到伯尼的房子，像灯塔一样整个被照亮。

她的尾巴变回正常的腿的形状之后，吉玛翻查着书包，穿上衣服。衣服湿透了，但是总比全身赤裸好。

她沿着码头走向小径，小径蜿蜒至伯尼的房子。窗户大开着，喧闹的音乐传出来，音量开到了最大。吉玛偷偷溜过去，想在进去之前看看他们在干什么。

莱西在沙发上跳上跳下，做着某种奇怪的舞蹈动作。她的嘴随着歌词而动着，但是没有歌词说出来。

在旁边翻查橱柜的是希雅。整个房子看起来像被洗劫一空，从希雅翻查东西和乱扔行为看来，原因是明显的。吉玛不知道希雅是不是在寻找某样东西。

没有看见佩恩或伯尼，吉玛偷偷溜到房子的另一个窗户处，希望从那里可以看到更多。

“我很高兴你决定加入我们。”佩恩说道，吉玛吓了一跳。佩恩突然出现在吉玛旁边，吉玛没有听见她的任何声响。

佩恩低头朝她微笑，吉玛匆忙让自己镇静下来。她最不想看到的事情是让佩恩知道她多怕她。

“我还没有决定任何事情。”吉玛冷淡地回答，佩恩却笑得更欢了。

“哦！”莱西从小屋内惊呼道，“是吉玛吗？”音乐突然停下来，唯一的声音来自环绕着她们的海洋和穿过树林的风。

“进来吧。”佩恩退后一步，然后转过身，走进了房子。用力地咽了咽，吉玛跟着她进去。

莱西已经从沙发上下来，但是希雅继续搜查着房子。她已经转到了厨房，蹲在水槽前面，拉出几瓶寇美特清洁剂和排水沟清洁剂。

“希雅，我觉得水槽下没有什么贵重的东西。”佩恩说着，小心翼翼地跨过希雅扔在厨房地板上的所有东西。

“无论如何，这是浪费时间。”希雅叹口气，站起来，“吉玛来了。我们现在可以走了吗？”

“我不知道。”佩恩面向吉玛，靠在沙发靠背上，“吉玛说她不确定是否跟我们一起走。”

希雅叹息一声，翻翻白眼：“噢，拜托。”

“伯尼在哪里？”吉玛问道。

“谁？”莱西问。

"伯尼。"吉玛和她们擦身而过，查看后面的卧室。她打开房门，但是只发现这里比小屋其他地方更乱，"伯尼·麦阿利特先生？"

她没有看见他，她转过身看着海妖。佩恩和希雅只是望着她，而莱西则把玩着自己的头发，看着地板。

"他在哪里？"吉玛问道，"你们对他做了什么？你们伤害他了吗？"

"他把这个地方给我们了。"佩恩耸耸肩，"你知道我们多么能说服人。"

"他在哪里？"吉玛重复道，声音变得更加严厉，"你们是不是杀了他，就像你们对那些其他男孩所做的一样？"

"我才不会管那个老男人叫'男孩'。"佩恩调侃地说道。

"住嘴！"吉玛喊道，莱西退缩了一下，"你说你告诉了我真相，但是你没有。我知道你们一直在杀人，但是你没有告诉我这个。"

"我没有撒谎，"佩恩嗤笑，"我从未说过，'吉玛，我们不杀人。'"

她的心往下沉："所以你承认了。"

"是的。我承认。"她走近吉玛，微笑着偏着头，嗓音柔和甜美，"对不起我没有告诉你。但是这只是一个小细节。"

"一个小细节？"吉玛后退着，"你们是杀人犯！"

"我们不是杀人犯！"莱西辩护着，"至少，不过是像一个猎人所做的，像当你吃汉堡的时候那样。我们做的事情不过是为了生存必须做的。"

"你们是食人族？"吉玛吓了一跳，她不断后退。她没有看自己正在退向哪里，几乎绊倒在一本书上，还好她靠到了墙上。

“这是为何我们不理会头条报道这件事，”佩恩解释着，听上去似乎如此合理，如此合乎逻辑，这让吉玛脊柱一阵发凉，“我们拥有永恒的青春和无与伦比的美丽。我们可以变形为不可思议的神秘生物。所以我们靠人类的血生存。当我们得到如此多的回报时，那点小事又算什么呢?”

“那点小事?”吉玛问，阴沉地笑着，“你们是怪物!”

“别这样说。”佩恩抿起嘴唇，摇了摇头，“我讨厌怪物这个词。”

吉玛直起身子，从墙边移开，不再靠在墙上。她看着佩恩深色的眼睛：“我看见什么，我就叫它什么，现在，站在我面前的，我所看见的就是一个怪物。”

“吉玛，”莱西说道，她的声音微微颤抖，“不要逼她。”

“你真的不知道自己在和谁打交道。”希雅附和。

“没事。”佩恩朝希雅和莱西挥挥手，但是眼睛盯着吉玛，“她只是忘记了自己的位置。她忘记了她现在也是我们中的一员了。”

“我绝不会是你们中的一员。”吉玛摇了摇头，“我宁愿死，也不会杀任何人。”

“我会很乐意替你安排。”

“那就来吧。”吉玛挑衅地抬起下巴，“你说过如果我不跟你们走，我就会死。我不会跟你们走。”

佩恩咬紧牙关，吉玛可以看见她的皮肤下面发生着一些变化。几乎像一道电流传过她的脸颊。佩恩的眼睛都变了颜色，从深棕色变成了黄绿色。

然后突然之间，变化停止了，她的眼睛又恢复成平常的冷漠的黑色。当她张开嘴巴开始说话时，她的牙齿显然更尖利了。

“你让我别无选择。我要让你知道你到底是谁。”佩恩回头看着希雅和莱西，“召唤他。”

“谁?”莱西问道。

“回应的人。”佩恩回答。

莱西迟疑地看了一眼吉玛，又看了一眼希雅。希雅叹息一声，开始率先唱起来。她的嗓音独特沙哑，很动听，但是直到莱西加入后，吉玛才感觉到她们的音乐充满感人的力量。

她们唱着吉玛以前听过的那首歌，她自己在淋浴时唱过的那首歌。她们刚张嘴，吉玛就知道所有的歌词，她情不自禁地想加入。她事实上必须忍着不出声才能阻止自己唱起来。

希雅和莱西转身走出房子，站在门廊上唱着她们海妖的歌曲，召唤着人来岛上加入她们。

## 第二十五章
# 可怜的航行者

“哈珀!”亚历克斯大叫，她又往床里偎了偎，裹得更紧。“哈珀!”

“干吗?”她在枕头上嘟哝着，但此时她已经醒了，听见了他声音中的恐慌。她坐起来，困惑地扫视着她黑暗的卧室:“亚历克斯?”

“我在外面!”亚历克斯大喊，哈珀望向窗外，看见他正站在那里，朝她大声喊叫。

“你在干什么?”哈珀问道，“发生什么事了?”

“吉玛跑了。我试着阻止她……”他声音渐渐弱下来，不想解释为什么他放她走了，“我想她跑到花岛湾去了，但是我不肯定。”

“该死的。”

哈珀冲下床，在黑暗中匆忙套上衣服。亚历克斯一直在外面说话，但是听到他说吉玛离开了之后，她就再也听不进其他。她一边穿着外套，一边跑出前门，亚历克斯仍然站在她的卧室下面，抬头对着卧室说话，而卧室现在已经空无一人。

“亚历克斯，走吧!”哈珀绕到房子一边朝他挥手，然后匆忙跑向停在车道上的“黑貂”，上了车。亚历克斯跳上车后，她问道:“你确定她到花岛湾去了吗?”

“不确定，”他承认道，“她不告诉我她要去哪里。但是你了解吉玛，她还能去其他什么地方呢？”

哈珀倒好车，将油门踩到底，“咯吱”一声冲出了车道。亚历克斯没有说什么，但是系上了安全带。

“她和你说了什么？你确定她是离家出走？也许她只是去游泳。”

“不，我试着跟她一起走，因为杀人犯还没有抓住。”他胳膊撑在玻璃上，在哈珀飞驰着拐弯时稳住自己，“但是她不让我跟她一起走。”

“该死。”哈珀拍了一下方向盘，“我知道她今天表现得很奇怪。我知道，但是我没有……”她摇了摇头，想起吉玛跟她说的所有事情，“她是在告别。”

“可是为什么？”亚历克斯问道，将她从自己的思绪中拉回来，“她为什么要这样做？”

“我不知道。这不像吉玛。她从不逃避战斗。不管她正在逃避什么，那东西一定很可怕。”

哈珀以前所未有的速度到了花岛湾。她没有及时刹住车，事实上，车滑到了码头上，让车下的木板直抖动。车完全停止时，她跳了出来，开始大声呼喊丹尼尔。

“谁是丹尼尔？”亚历克斯问道，追着哈珀。

“他有一艘船。”她迅速解释道。

码头上光线昏暗，当她看不见他的船的时候，她突然一阵恐慌，觉得他可能离开了。这是一艘船。他可以任何时候离开。

然后“脏鸥号”船舱里的灯亮了起来，她加速奔过去。当她到达时，他还没有来到甲板上，所以她双手猛拍着船体，试着让他快点出来。

“丹尼尔！”哈珀大喊。

“什么事？”丹尼尔终于从船舱中出来，揉着眼睛。他穿上了牛仔裤，但是却没来得及扣上，“有什么急事？”

“吉玛走了。”她从码头上尽量探出身子，紧紧抓住船的栏杆不让自己掉下去，“她离家出走了，我们觉得她到花岛湾去了。我需要你帮忙。”

“她离家出走了？”丹尼尔用手理了理头发，摇摇头，试图摆脱困意，“为什么？”

“我们不知道，但是真的出了问题。”她抬头看着丹尼尔，带着恳求的眼神，“丹尼尔，拜托。我需要你。”

毫不迟疑地，他问道：“我怎么帮你？”

“花岛湾是她唯一真正喜欢的地方。她应该还没有走远，用你的船，我们可以找到她。”

“‘脏鸥号’的速度已经不像以前那样快了，但是我会尽我所能。”他将手伸到船侧，抓紧哈珀，将她拉上来，“那是谁？”

“谁？”当丹尼尔将她放下的时候，哈珀问道。她转过头，看见丹尼尔指着亚历克斯，“哦，那是亚历克斯。他是吉玛的男朋友。”

“哦。”丹尼尔向亚历克斯伸出手，“很高兴见到你。”

“呃，我也是。”他迟疑地握住丹尼尔的手，丹尼尔帮他上到船上。他没有像帮哈珀那样搂着他上来，但是他将亚历克斯弄上了甲板。

“你能帮我把船解开吗？”丹尼尔询问亚历克斯，指着将船绑在码头的绳索。

“可以，当然。”亚历克斯匆忙过去帮助丹尼尔。

哈珀绕到船的前段。寒风抽打着水面，她双臂环抱着自己，试着在寒风中保暖。她注视着远方的花岛湾，对她妹妹的安全抱着一线希望。

“你希望我绕着花岛湾转一圈吗？”丹尼尔问道，走到哈珀站着的地方。他解开船后，已经扣上了裤子，穿上了衬衣。

“也许。”她转身望着他，然后又看向水面。

“小海湾呢?”亚历克斯提议，指着它，“她正在离家出走中，这表示她需要一个地方露营。小海湾会给她提供居所，而又让她在花岛湾附近。”

丹尼尔望向哈珀，等她确认，她点点头。丹尼尔绕到小船后面驾驶它，而亚历克斯则走到船的边缘，抓住栏杆，注视着夜晚的大海。哈珀想过跟他待在一起，但她觉得如果与丹尼尔在一起，告诉他去哪里，更能控制局面。

当丹尼尔转动钥匙的时候，船咔嚓咔嚓响起来，但是没有立即启动。哈珀看了他一眼，他给了她一个抱歉的微笑。

“我已经好久没有带她出海了。”

“如果不出海，拥有一艘船的意义是什么?”哈珀问道，听起来比她的本意更有敌意。

“意义是我头上有了一个屋顶。天然气很贵，我其实任何地方都不想去。”他转动钥匙，马达终于隆隆地开动起来，“她出发啦!”

当他们离开码头，朝小海湾驶去的时候，她放松了一点。不是完全放松，但是知道他们正在做着什么，他们正朝着什么前进，她好受了些。

“谢谢。”她朝丹尼尔感激地笑笑，丹尼尔驾驶着小船。

“不客气。谢谢你总是叫醒我，我正在学习过没有睡眠的生活。”他向她微笑着，她垂下了眼睛。

“抱歉总是打扰你，我真的欠你很多。但是我不知道还能去其他什么地方。”

“嗨，我知道。”他伸出手，轻轻地抚摸她的胳膊，“没关系。”

“我只希望我们能找到她。”哈珀深深地吸了一口气，重新注视着水面。

“水面真是波浪汹涌。”当小船在水中上下颠簸的时候丹尼尔说道。亚历克斯紧紧抓着栏杆，以免滑倒。

“不过，这艘船承受得住，对吧？”哈珀问道。

“是的，是的，但是风太大了。”他咬了咬嘴唇，从眼角看着哈珀，“这个夜晚要是游泳太冷了。你确定吉玛今晚出海到花岛湾了吗？”

“是的。”她点点头，“我知道我看起来疯狂、心焦，也许我真的是。但是我就是知道有事发生了。”她将手放在肚子上，按着它，“我可以感觉得到。吉玛遇到麻烦了，她需要我。”

“如果你说她遇到了麻烦，我相信你。”

“谢谢你。”哈珀走向前，随着他们离小海湾越来越近，她使劲瞪着双眼，想在黑暗中看清东西，“这个东西能再快一点吗？”

“我已经让她尽可能地快了，”丹尼尔说道，“我知道稍慢一点对你来说都不行。”

当他们终于靠近小海湾，可以真正看见它的时候，丹尼尔打开船上的探照灯，照进洞穴里。他不得不大大降低船的速度，以免撞到岩石上，但是即使在那个距离，他们也可以看见小海湾上空无一人。

“不，她必须在那里，”哈珀坚持，摇了摇头，“她必须在。”

“你希望我靠得更近一点吗，这样你可以查看清楚？”丹尼尔问道。

“是的。拜托。”

丹尼尔将船尽可能地靠近小海湾，然后将船系到长在一

侧的柏树上。亚历克斯拿起登陆板。它从船上勉强够得着小海湾的最外缘，但是好歹做到了。亚历克斯第一个跑下去，哈珀紧跟在他后面。

船上的探照灯仍然照着，所以他们能够看见洞穴里的一切，但是却没有太多东西。中央一圈岩石用作火坑。灰尘中有脚印。就这些。

“我有发现！”亚历克斯大叫着，举起一个包。

“这是她的东西吗？”

哈珀跑向他，将包猛地从他手上拽过来。她撕开书包，但是几件性感的背心和丁字裤就让哈珀意识到，这些不是她妹妹的衣服。不过，这是她发现的唯一东西，所以她把包紧紧地抓在胸前，茫然地注视着前方。

“这不是她的，是吗？”亚历克斯问道，看见一条红色丁字裤从哈珀紧握的手中掉下来。

“你们发现了什么？”丹尼尔问道。他在他们后面下了船，现在刚刚从哈珀身后走上来。

“我觉得是那些女孩的。”她转身面向他，将包递给丹尼尔，似乎他会知道怎么处理，“那些可怕的女孩对她做了什么？”

“你不知道是不是这样。”丹尼尔试着从她手中拿过包，因为她将包递给他，他觉得他应该做点什么，“仅仅这个包，并不意味着她跟她们有任何关系。”

“可是她在哪里？”哈珀问道，眼眶溢满泪水，“她不在这里。她能在哪里？”

“吉玛！”亚历克斯开始大声喊叫她的名字，因为他不知道还能做什么。他站在小海湾的边缘，朝着花岛湾大喊，“吉玛！”

“也许我们比她先到了这里，”丹尼尔提出，“我们很快就到了这里，对吧？”

“你觉得？”哈珀抬起头看着他，用狂乱的目光搜寻着他的眼睛。

“也许。”他耸耸肩，“或者你能不能想到其他她可能会去的地方？”

“不，我……”哈珀声音渐渐弱下去，她的脸困惑地扭曲成一团，偏着头，听着。他张嘴想说什么，但是她将手放到他的胸上，制止了他，“你听见了吗？”

“什么？”丹尼尔问道，然后他也听见了。

声音开始很弱，但是风将音乐吹送到小海湾。一首哈珀以前从未听过的歌曲，但是这首歌曲亚历克斯再熟悉不过。

“是吉玛。”亚历克斯低声说。

“什么？”哈珀问道，但是已经没有了几秒钟前开始攫住她的那种恐慌。她的整个表情发生了变化，紧张逐渐消失，变成了一种奇怪的平静。

“哈珀？”丹尼尔问道。当她开始走向小海湾边缘的亚历克斯时，他将手放在她的胳膊上，阻止她，“哈珀？你没事吧？怎么了？”

“没事。”她说话时眉头皱了皱，仿佛意识到她正在说的话不太对，她转向丹尼尔，“我们在找什么吗？”

“是的。你的妹妹。”他握住她的双臂，让她面向着他，“你究竟怎么了？”

“她在叫我。”亚历克斯说道，没有对着任何一个人，然后跳进了水中，从小海湾游走。

“亚历克斯！”丹尼尔喊道，“亚历克斯！你在做什么？我们有船！”他跑到小海湾的边缘。亚历克斯拼命游走了，丹尼尔不准备跟着他跳进去，“亚历克斯！快他妈回到船上！”

“出事了。”哈珀呜咽着，丹尼尔掉过头来，看见她仿佛就要哭出来。

“该死的，出事了。”他又走回她身边，觉得亚历克斯肯定是追不回来了，至少目前是这样。“你知道亚历克斯为什么就这样离开了吗？”

“不知道。”她将手穿过头发，抬头看着他，“吉玛失踪了，我不能……”她摇了摇头，双手捂住耳朵，“是那首歌，丹尼尔！它企图让我忘记她，但是我不会！”

“歌？”丹尼尔仍然能够听见歌声，但是他不知道哈珀在说什么。

“你听不见吗？”哈珀问道，大声喊叫着，因为她堵住了自己的耳朵。

“听得见，但是我没事。”他向她肯定。

“我们需要走向歌声传来的方向！”哈珀跟他说，“那是吉玛所在的地方！”

丹尼尔想与她争论，但是非常奇怪的事情正在发生，他们可能再也没有时间质疑。他抓住哈珀的手，把她拉上船，这样他们可以追赶吉玛，同时他们仍然可以碰碰运气。

自始至终，歌声一直飘浮在空气中：来吧，疲倦的旅行者，我将引导你穿过波浪，不要担心，可怜的旅行者，我的歌声将为你指明方向。

# 第二十六章
# 原　形

“你们在干什么？”吉玛问，不断地抑制着跟莱西和希雅一起歌唱的冲动。

“需要做的，”佩恩说，“我已经跟你讲过了。我已经给了你你想要的一切。可你却还是不明白道理。现在，我就让你见识见识。”

“我不明白，”吉玛看了一眼在门口唱歌的两只塞壬海妖，“你想让我见识什么？为什么就不能直接放我走呢？”

“因为，吉玛，在月圆之前我们必须要找到一只新的海妖，要不然我们都得死。也许你已经准备投降了，但我不会轻易放弃。我活了几千年，不能栽在一个黄毛丫头手里。”

“没错！”吉玛应和道，“我这么胆小，你不会想要我的。让我走吧，去找其他人。”

“要那么简单就好了，”佩恩说，听上去她说的是认真的，“药剂并不是每次都见效。你是我们试过的第三个女孩儿，第一个变成了海妖。”

“你说药剂并不总是见效是什么意思？”吉玛问。

“你喝了以后，会有两种结果。一种是，会变成一只海妖，就像你这样，”佩恩做了一个手势，“另一种是，会死掉。”

“为什么？为什么？”吉玛问，“为什么我可以变成海妖，而其他女孩儿不行？”

“我们也不知道。海妖必须强壮，美丽，并且和水有缘。”佩恩耸耸肩，“我们选的有些女孩儿不够强壮。”

“但……你们剩下的时间越来越少了。如果我死了，你们都会死？”吉玛眯起眼睛看着佩恩，“我要自杀的话，有什么能阻止得了呢？”

“你不知道怎么自杀，首先。海妖是不死的。淹不死，也摔不死，”佩恩接着说，“而现在，另一件事将要来临。”

吉玛还没来得及开口，就听见莱西的声音从门口传来：“他来了！我看见他了！他已经在码头上了！”

“好，”佩恩笑着说，“你可以不用唱了，再唱海湾边所有的男人都要被引来了。”

佩恩原本站在吉玛前面挡住了门道，但她现在让到一边，好让吉玛通过。

她跑到门口，经过莱西和希雅身边。她不知道她们把谁引来了，也不清楚她们想对他做什么，但她知道，肯定不会是什么好事。她要在她们把尖牙插进他的身体之前把他送走。

她看见了沿小路走来的人，像在梦游一样，她呆住了。这比她害怕的还要糟糕。

“亚历克斯。”

亚历克斯的名字一出口，海妖们就围了上去。莱西走到亚历克斯身边，一手揽住他，带着他接着往前走。希雅抓住吉玛，把她双手别在身后，使得她不能反抗。

“亚历克斯！”吉玛大声喊道，但他几乎没有看她。他目不转睛地盯着莱西，莱西在他耳边哼着歌曲。“亚历克斯！你必须离开这儿！亚历克斯，快跑！这是个陷阱！她们会杀了你的！”

“闭嘴！”希雅怒吼道，一边把她拖进小屋里，“你要老老实实跟我们待在一起的话，这些事本来都不会发生的。弄到这个地步，都是你的错。”

“求你！”吉玛哀求道，“求你，放了他吧。”

佩恩大笑着同莱西他们一起进了屋。吉玛踢打着希雅，但就像打在石头上一样。希雅是活了三千岁的半神了，这下她显示出了她的力气。

亚历克斯顺从地跟着莱西走到屋子中间，视线没有从莱西脸上移开过。她绕着他慢慢地转圈，他也转过头，追随着她的身影。莱西在他面前停下来，抚摸着他的脸，他迎上来亲吻莱西。

“亚历克斯！”吉玛大声喊着，但他仍想去吻莱西。要不是她在最后一瞬间把他移开，他已经吻上她了。“你对他做了什么？”

“事实上，是你做的。”佩恩站在屋子的一旁，极其得意地看着吉玛痛苦的表情。“要不是你原来对他施过海妖的咒语，他是不会这么快就到这里的。”

“你在说什么？”吉玛问，“我从来没有对他做过任何事。”

“是我们的歌声，”莱西解释说。她站在亚历克斯身边，亚历克斯搂着她，充满爱意地注视着她，但她一直在避开亚历克斯的亲吻。“我们让男人精神恍惚，让他们遵从我们的指示，让他们渴望得到我们。这对女人也会起点儿作用，但基本上没有这么强烈。”

吉玛想要争辩说她从来没有对他唱过歌，她从来没有试图对他施咒，但这时她想起来了。就在她们把她变成海妖之后，她在雨中唱歌。亚历克斯来了，不知道为什么，那一天他们对彼此的感觉都特别强烈。

“这确实是我的错。”吉玛低声说。

“没关系，”莱西用一种过分轻快的语气说，“我们都会犯错，但我们会从错误中汲取教训。”

“莱西说得很对。”佩恩走向吉玛，停在她面前。希雅还抓着她的手，但她停止了挣扎。“今天，不管你喜不喜欢，你都会得到教训的。”

“你不必这样做，”吉玛说，“佩恩，请别这样。”

“莱西，我们看看可以一起做点儿什么吧。”佩恩对莱西命令道，眼睛却死死地盯着吉玛。

莱西慢慢地把身体下沉，尽可能地靠近亚历克斯，但又不碰到他的身体。她拽着他湿透的T恤下摆，轻轻一扯，就把它从他头顶脱出去，亚历克斯半裸着站在屋子中间。

“这样好多了，”莱西微笑着，欣赏着他裸露的上身。“他可真帅，吉玛。你眼光不错呵。”

“你在做什么？”吉玛问，“你为什么要这样对他？”

“你觉得他爱你吗？”佩恩问，“他不爱你。他就要扑到莱西身上，对她撒野了。”她扭头看了他一眼，“对吗，亚历克斯？”

“她是我见过最美丽的女人，”亚历克斯说，声音平静而飘忽。莱西往后退了一步，他想要跟上去，但她举起一只手，不让他向前。

“她对他施了魔咒！”吉玛坚持说，“他控制不了他的行为。他不会做出那样的事的。”

“但如果他真的爱你，他是会克服魔咒的，”佩恩仍然看着吉玛，只微微示意了一下莱西和亚历克斯站的地方，“他会知道他对你的爱，但他没有。他不能，他也不会知道。”她进一步逼到吉玛面前，几乎凑着她的耳朵说，“凡人是没有能力爱的。”

吉玛看见她面前的亚历克斯正在努力抑制着奔向莱西的

冲动。莱西站在只有几尺远的地方，引诱着他，几乎让他疯掉。

吉玛感到胃部一阵绞痛，但那不是因为嫉妒。是莱西的魔咒让他变成这样的，那魔咒对他同样是一种伤害。

“好，你已经说了，”吉玛扭动着，想要挣脱希雅的双手，“他不能爱你，也永远不会！放他走吧！”

“你没看见吗？”佩恩抱着手臂，仔细地观察着吉玛，“他对你说过的一切都是谎话。他所做的一切都只是为了戏弄你，因为他想占有你，和你上床，就像所有男人那样。他从来没有喜欢过你，他只喜欢他自己。”

吉玛深吸了一口气，深到胸口都有些疼痛。她意识到，佩恩说的可能是真的。亚历克斯来了之后还没有看过她一眼，而她也是一只海妖啊。也许这就意味着他并不喜欢她。

但他仍是她爱的那个人。虽然他的发梢还滴着水，刘海也翘着。也许他的亲吻，他的拥抱都是假的，短暂的，但他不是。内心深处，吉玛确定地知道，他很好，很善良，是值得她爱的。

“我不在乎！”吉玛怒视着佩恩，“这并不重要，因为我爱他！”

佩恩眯起眼睛看着她，吉玛觉察到她脸上露出一丝奇怪的感动的表情，仿佛她的内心正在起变化。但这立刻又消失了。

“放开她。”佩恩对希雅说。

希雅一放开手，吉玛就从她身边立刻朝亚历克斯跑去。当她跑到他面前时，他努力环顾着她的四周，因为他不想把视线从莱西身上移开。

“亚历克斯！”吉玛说。

他努力把视线越过她。她托住他的脸颊，强迫着与他四目相对。一开始他企图挣脱，但突然，改变发生了。

他那褐色的眼睛里的迷雾开始消散，瞳孔开始扩大。他像一个刚睡醒的人一样眨了眨眼，然后伸出手碰触着吉玛的脸。他的皮肤又冷又湿，身上起满了鸡皮疙瘩。

“是吉玛吗?”亚历克斯疑惑地问，“喔，天哪，吉玛，我做了什么?”

“你什么都没有做，”吉玛含着眼泪笑着说，“我爱你。”

她踮起脚尖，凑上前去吻他。他的唇冰冷却异常美妙，这一吻就像闪电一样击中了她，一股暖流遍布她的全身。这是如此真实，无论海妖们说什么，都不能改变这一现实。

“够了!”佩恩咆哮道，突然，她把亚历克斯一把从吉玛身边拽开。

佩恩走上前来抓住他，又重重地把他摔到后面的墙上。亚历克斯立刻失去了知觉。吉玛想要冲上去，但佩恩挡在了她面前，眼中燃起了熊熊的怒火，吉玛不敢贸然触怒她，生怕她把屋里的所有人都杀掉。

“你只见过两种海妖，”佩恩说，她的声音渐渐从天真温柔变得扭曲可怖，“我想，是时候让你见识下我们的原形了。”

首先发生变化的是她的手臂，开始变长，手指也伸长了十多厘米，指尖弯成尖利的爪。腿上的皮肤也由光滑的茶色，变成了吓人的惨白。直到佩恩的脚变成长长的爪，吉玛才意识到，佩恩长了一双鸸鹋的腿。

佩恩弓起背，发出一声尖叫，那叫声比起人声来，更像是一只垂死的鸟。当一对翅膀从肩胛骨后展开来时，屋子里充斥着皮肉撕裂和羽毛抖动的声音，完全打开时，几乎与屋子一样长。羽毛又长又黑，在灯光下闪闪发光。

她扑动了两下翅膀，扇起一股强风，差点把吉玛掀翻。

吉玛面朝墙蜷缩在地上，看着佩恩的模样从丑陋变得恐怖。

佩恩的脸还在变化，首先是眼睛从普通的黑色变成了鹰眼一样的金黄色，丰满的嘴唇不断变宽，嘴角拉到了脸侧，像是牙齿周围的一道血红色裂缝。牙齿不光长度增加，数量也成倍地增长，由原来的一排牙变长了一排排利刃，这使得整张嘴看起来像安康鱼。

她的头颅似乎也在膨胀，变得越来越大，柔软光滑的头发像波浪一样翻滚起来，在头的周围形成一圈黑色的光环，但由于头颅变大显得更加稀少、纤细。

全身上下唯一没有怎么变化的是她的上身。由于拉长的缘故，她的上身变得更加瘦骨嶙峋，肋骨和脊椎奇怪地突出来，但她人类的胸部还是原样，因为身体的拉长，比基尼也被撑开了，几乎罩不住。

变身完成之后，佩恩进一步走向吉玛，像鸟人一样前后摇晃着脑袋，对吉玛眨眨眼睛。

“现在，”佩恩仍用一种有些异样的声音说，“真正的教训开始了。”

# 第二十七章

# 无　助

丹尼尔把船组装好了，哈珀站在船头，注视着歌声传来的方向。她双手捂着耳朵，仿佛她听见了这歌声就会有什么事发生。

但双手并不完全隔音，音乐还是传进了耳朵。她无法解释这种感受，简单地说，这钝化了她的感觉。

吉玛的消失，以及亚历克斯潜入翻滚的波浪，让她惊恐不已，但当她听着这乐曲时，恐慌几乎完全消失了。要不是丹尼尔在这里，给她讲道理，她也许就会一直在这个洞穴待下去，只要这歌声一直唱着。

“该死，”丹尼尔大吼一声。哈珀真切地听见他这一吼，转过来对着他。他站在方向盘前，面容沮丧，“不，亲爱的，别这样。”

“怎么了，丹尼尔？”哈珀走近驾驶室，抬头看着他。

“这船，”丹尼尔一脸苦笑，“发动不了。”

“发动不了是什么意思？”哈珀问，嗓音也变得尖厉起来，“你怎么会把火熄掉的？”

“为了省油啊，不过，会发动起来的，她只是需要一点儿爱护。”

丹尼尔跳下船，绕到船尾。哈珀跟在他后面，一边想，她能不能也像亚历克斯一样潜到水里去。丹尼尔弹开引擎盖，哈珀只听见几声巨响，完全不知道他在做什么，不过从

他口中的咒骂推断，事情进行得并不顺利。

“丹尼尔！”哈珀大声叫道，双手仍紧紧地捂住耳朵，“我想我应该追随亚历克斯而去。我不能像这样在这里干等，吉玛需要我。”

“哈珀！”丹尼尔停下手里的事，转过头来。

“不，我要——”

“不行，哈珀，你听我说！”他把手从满是机油的引擎上抬起来，“歌声已经停了。”

“是吗？”哈珀放下手，所听到的只有周围大海的声音。没有音乐。“为什么呢？你觉得是亚历克斯做了什么吗？”

“我不知道。”丹尼尔盖上引擎盖，站起来，“不过，希望我能解决这个问题。”

他双手在牛仔裤上蹭了蹭，又朝船头跑去。他爬上船长的位置，哈珀紧跟在后面。他打开点火装置，可只听见它停在船坞时那种“刺刺”的声音，却启动不了。

“丹尼尔——”哈珀正要开口，丹尼尔举起手示意她不要出声。

“来吧，”丹尼尔对着船嘟囔着，“就再发动一次吧。就当是为了我。”船发出很响的当当声，紧接着引擎一阵轰鸣，恢复了工作。“太好了！”他们把船驶出了小海湾，丹尼尔看着哈珀，“我就说她可以的。”

“我从来没有怀疑过你。”哈珀违心地说。

“我们要去哪儿？”丹尼尔问。他朝着亚历克斯消失的方向，但除此之外，再没有别的线索了。

“我不知道，”哈珀摆摆手，努力地眺望着地平线的方向，但什么也没有看到，“这里只有麦阿利特的领地。”

“你说伯尼的岛？”丹尼尔指着前方一个岛屿的轮廓问。

“对，”哈珀点点头，“听起来歌声像是从那个方向传来的，是吧？”

“我想也是。”

“那我们往那个方向去吧，”哈珀把双臂抱在胸前，定定地直视着前方，“为什么你没有像我和亚历克斯那样被这歌声弄得精神失常呢？”

“不知道，”丹尼尔摇摇头，低头看了一眼哈珀，“你怎么会被弄得精神失常呢？你就像是被施了法一样。”

“我也不知道，”哈珀长长地出了一口气，“希望这不会再发生了。”

靠近小岛的时候，丹尼尔遵照哈珀的建议关掉了探照灯。这下，他们完全不知道那里有什么，但他们都认为，来点儿惊喜对他们来说或许不是坏事。

丹尼尔拖着“脏鸥号”靠了岸，船还没停稳，哈珀就想跳下来。可她还没出码头，丹尼尔就一把抓住她的手臂。

“不行，”丹尼尔轻声说。他把声音压得很低，防止被人无意听到。“我不会让你独自上岸的。”

“但是——”哈珀想与他争辩，但丹尼尔摇了摇头。

也许是知道哈珀不会给他那么多时间把船套好，丹尼尔只是简单地抛下锚，然后爬上码头，再把哈珀拉上去。

哈珀脚一落地，就听见了吉玛的叫喊。她完全听不清她在说什么，但似乎是在向亚历克斯喊话。哈珀正想朝那座房子跑过去，但丹尼尔抓着她的手，以免她像一个发疯的傻瓜一样贸然闯入危险的境地。

他们在码头上快步走着，差不多跑了起来，但踏上小路时，他们放慢了脚步。小屋灯火通明，他们听见佩恩和吉玛在说话。林中的风吹散了她们声音，使得丹尼尔和哈珀不知道她们在说些什么。

屋子的前门大开着，丹尼尔和哈珀猫着腰飞快地通过小

路，以免被发现。在树林的掩护下，他们悄悄地接近了屋子。

他们俩的注意力都在那座屋子上，想要看一眼屋里的情景，没有怎么注意脚下的情形。丹尼尔一脚踩在了什么东西上面，滑了一跤，跪倒在一个小水坑里。

幸亏及时用手撑着，才没有摔个脸着地。他抬起手，发现有什么东西粘在手掌上。哈珀以为是只死虫子，但虫子没有那么黏。

丹尼尔低头一看，在哈珀之前注意到了。他猛地一撤，飞快地躲开死尸。哈珀这才低下头，看到了伯尼。

伯尼·麦阿利特仰面躺在地上，肚子剖开了，肠子晾在外面。

哈珀正要尖叫出来，丹尼尔及时捂住了她的嘴，一把把她摁到一棵大橡树的树干上。

“别叫。”丹尼尔低声道，哈珀点点头，这才移开手。

事实上，哈珀根本不想叫。她只想趴到伯尼身上哭一场。正是这个老人，在她童年最不幸的时候照顾她。他一直对她很好，可现在他像条鱼一样被人剖开了。

幸好丹尼尔挡住了她的视线，加上树林的漆黑一片，她才没有看清伯尼的样子。但看到这些，她已经知道他死了。

在他们身后，小屋传来一阵很响的拍门声，还有人在叫嚷着。哈珀立刻辨认出是吉玛在呼叫。这使她暂时忘记了伯尼被杀害的悲剧，现在她一心只想救出妹妹。她想不顾一切地冲进屋去，但丹尼尔死死地把她摁在树上。

“我们得救吉玛出来，马上。”哈珀说。

“我保证不会让她受伤的，但我们不能就这样闯进去。她们能把一个成年的男人撕开，我们不能这样赤手空拳地进去。”

哈珀想要反对，但丹尼尔是对的。她很想立刻从前门冲进去抓住吉玛，她也同样知道这些人的能耐。要是就这样毫无准备地进去，最后只会把她自己、吉玛、丹尼尔和亚历克斯都置于死地。

伯尼家后面有一个大库房，因为他一直独自住在岛上，所以从来不锁门。丹尼尔推开门，里面漆黑一片，没有一点儿光。他在四周摸索着，看有什么东西能用作武器，差点被一把杈子戳到。

他把杈子递给哈珀，接着找一个自己能用的东西。这时，吉玛尖叫起来，哈珀不能再等。她箭似的冲向小屋的前门，丹尼尔紧跟在她后面。

# 第二十八章
# 公　约

佩恩远离吉玛后退了一步，有短短的一秒钟，她舒了一口气。然后，佩恩转过身，背对着吉玛。她的翅膀几乎完全挡住了吉玛的视线。她仍屈膝蹲着，她看见亚历克斯躺在斜对角的地方，完全失去了知觉。

“别碰他！”吉玛爬到她脚边。

她扑向佩恩，但佩恩只张开翅膀，往后一扇，就把吉玛拍飞起来，狠狠地撞到墙上。似乎不费吹灰之力，又把吉玛抛到一边。她力量太大，吉玛根本不是她的对手，对任何人来说都是如此。

吉玛吃力地站起来，想用意念将自己变成佩恩一样的海妖，但她不能。不管她多么用力地握紧拳头，拉长身体，她还是没能变身。

“你必须放下凡人的生活，”佩恩转过来看着她，微微偏着头，说话时尖牙没有完全露出来。尖牙参差不齐，不能完全合拢。

“我可以放下你想要的一切，”吉玛说，“只要你不伤害他。”

“我们就是这样做的，不过。这是成为海妖的一部分。”佩恩伸出长长的爪子，指着亚历克斯说，“既然你不能放下他，那么，教你成为海妖，吃掉他是再好不过的方法了。”

“真的没有那么糟，”莱西插了一句。她和希雅远远地站在边上，还是人的形状。“最初听起来是很恶心，不过一旦开始，那种感觉真是妙不可言。”

“这不是恶不恶心的事。他是个人啊。”吉玛努力让自己平静下来，“你们不能就这样杀了他。”

“不，我们能，真的，”希雅毫无感情地说，“我们不得不杀他，事实上。”

“我知道，我知道。”莱西做出一副悲伤的表情，仿佛是在同情吉玛剪坏了头发，而不是道德上受到谴责。“但人总是会死的。他们这么脆弱，我们这样做，其实是帮了他们一个忙。我们杀人，人不会感到痛苦。他们会欢迎死亡。佩恩说得对。很多混蛋，他们还巴不得呢。”

“可亚历克斯并没有！他从来没有伤害过任何人！”吉玛努力忍住眼泪，但她开始发现，和她们争论是多么无力。“好吧，你们赢了。”

佩恩和希雅交换了一下眼神，又好奇地看着吉玛。

“我们已经赢了，吉玛。”佩恩说。

“你说得对，”吉玛上前一步，直直地看着她那蜥蜴一样的眼睛，“我不知道怎样杀死自己，或者你们。我还不知道。但如果你们敢伤害他，敢把爪子放到他头上，我就和你们同归于尽。”

佩恩眯起眼睛，喉咙里发出低低的吼叫。

“但是，如果你们放过他，我就心甘情愿跟你们走。”吉玛保证道，“无论你们说什么，我都照做；无论你们什么时候开口，都听你们的，永远。我跟你们走，做你们的奴隶。只要你们行行好，放过他。”

佩恩像是思考了一会儿，然后转向希雅和莱西。

“有个奴隶倒是不错，”希雅耸耸肩，“而且我们刚吃过，我也不怎么饿。”

佩恩长出一口气，闭上眼睛，说：“很好。”

“胡扯!”哈珀大喊着，吉玛转过头，看见姐姐就站在小屋的门口。

她手里拿着一把杈子，像要捅向挡在她和妹妹之间的所有人。但当她看见站在那里的怪兽时，她呆住了。丹尼尔就站在她身后，目瞪口呆，直到佩恩转向他们。

佩恩张开嘴，发出一声响亮粗粝的叫声，丹尼尔立马行动起来。他抢过哈珀手中的杈子，跑到她前面。莱西朝他冲过来，还没出手制服他，就被杈柄戳中肚子，踉跄着后退了两步。

他又扑向佩恩，但她的身手疾如闪电。眨眼间，她已夺过丹尼尔手中的杈子，另一只手反手扇向丹尼尔，在他脸上留下三道血痕。

丹尼尔倒在地上，佩恩举起杈子，想要把他钉在地上。

“不要，佩恩!”吉玛大叫道。她跑到佩恩前面，挡在她和丹尼尔中间。“我跟你走！我们离开这儿！好吧？你们已经从这个镇上得到了你们想要的一切。我们走吧。”

“不能走，吉玛!”哈珀企图冲到妹妹面前，但她一跑，就被希雅用肘击中了肚子。哈珀倒在地上，捂着肚子，蜷缩着。

“她说得对，”希雅对佩恩说，“我们只是在浪费时间。太阳就要出来了，警察也在海湾搜寻更多的尸体。我们应该马上离开这里。”

莱西重新站起来，踢了踢丹尼尔的手臂：“白痴。”

“走吧，莱西，”希雅开始往屋外走。莱西鄙夷地看了一眼丹尼尔，跟在希雅后面。她们在门口停下来，等着佩恩和吉玛。

佩恩转了转眼珠，“啪”地把杈子折成两半，以巨大的力气把两半都扔出了窗户，玻璃哗啦啦碎了一地。

随即，她开始变回人形，首先把翅膀收拢到背后，然后手和腿开始变短，最后，她的面容也恢复往日的惊人美貌。

哈珀和丹尼尔站在一旁，被眼前的这一幕惊呆了。若不是亲眼所见，他们绝对没法相信这一切。

佩恩扯开脖子，调了下比基尼的肩带，但除此之外，她的一切看上去都很完美。

“我放过了你的家人，”佩恩对吉玛说，“你欠我的可不少了。”

“我知道，”吉玛承认道。

“走吧。”佩恩抓住吉玛的手臂朝门口走去，免得她又改变了主意。

“吉玛，不要。”哈珀站起来，仍然捂着肚子，悲伤地看着她的妹妹，“你不必跟她们走的，我们可以跟她们决斗。”

“对不起了，哈珀，”吉玛转过身，看着哈珀，跟着佩恩倒退着出了小屋，“替我照顾亚历克斯，好吗？”

希雅和莱西冲在前面，沿小路跑远了。

哈珀走上前去，喊着她妹妹的名字，但吉玛只是摇头。她转过身，和佩恩一起飞快地沿小路跑了。哈珀追着她们，但吉玛跑得太快了，比她从前跑得快得多。

哈珀追到码头上时，佩恩和吉玛已经到了码头那一端。吉玛回头看了一眼，然后跳入了海湾。

太阳开始升起，海水沐浴在一片粉色的柔光中，哈珀看着希雅和莱西游向了远方。她们已经变了身，人鱼般的尾巴在水面上扑腾，直到她们潜入水中。

哈珀走到码头的尽头时，发现丹尼尔的手臂正搂着她，防止她跟着吉玛一起跃入水中。她向前伸开手臂，像是以为可以抓住吉玛。

“吉玛！”哈珀大叫着，想要摆脱丹尼尔，但丹尼尔没有松开手。

吉玛只浮上来一次，并没有回头看码头这边。哈珀只看见她的头，然后是她在阳光下闪着粼光的尾巴，吉玛就这样潜入了水中。

“哈珀，够了。”她耳边是丹尼尔坚定的声音，“她不会回来了，她去的地方，你不能跟着去。”

“为什么不行？”哈珀问，但她已不再挣扎，“为什么我不能跟着她去？”

“因为你不能水下呼吸，你也不知道你的对手是谁。”

这场战斗已超出了她的能力范围，她的双臂无力地垂下来。丹尼尔一松手，她就跪了下来，依然怔怔地看着大海。丹尼尔在她身后跪下，仍用一只手把她搂在怀里。

“这究竟是怎么回事？”哈珀问。

“我不知道，我也从来没有见过这样的事。”

“所以我就这样让她跟她们走了，就袖手旁观吗？”哈珀转过头看着丹尼尔，他已将脸颊贴在她脸上。

“不，你不会袖手旁观的，”丹尼尔摇头说，“我们会知道她们到底是什么，会找到阻止他们的办法，然后我们就能救出你妹妹了。”

“可现在，她跟着她们走了。要是她们伤害她怎么办？怎么才能不让她们杀掉她呢？”

“哈珀，”丹尼尔尽可能温柔地说，“你看见她跟她们游走了。她看上去就像一只美人鱼。”他顿了一下，说：“她已经是她们中的一分子了。”

“不，她不是。丹尼尔，她不会伤害任何人的。她跟她们不一样！”

“我知道，但至少她会被误认为是。现在，我想这是好事，这样她们会让她活下来。”

眼泪夺眶而出，哈珀只是用手掌简单地擦拭了一下，转身面对着大海。

“有人吗？”亚历克斯的喊声从后面的小屋传出来，“是吉玛吗？有人在吗？”他踉跄着出了门。

“你还好吧？”丹尼尔问哈珀，表情严肃，“你自己乖乖的，我去看看亚历克斯，好吗？”

“嗯，我没事，”她点点头。丹尼尔站起来，她转过身对他说：“快去把他带到船上。越快离开这里，就能越早知道怎么灭掉这些贱人。”

丹尼尔虚弱地朝她笑笑，点点头，然后从码头走回去照看亚历克斯。哈珀站在原地，注视着水面。她听见丹尼尔在和亚历克斯说话，问他是否还好，亚历克斯正在努力弄清楚记忆中发生的那些事。

但她没有把注意力放在他们的对话上，而是专注地思考着一个计划。如果说她还有最后一件事要做的话，那就是，把她妹妹救回来。